· 衛斯理小說典藏版 49 ·

影子

衛斯理
親自演繹衛斯理
《影子》

新之又新的序言，最新的

衛斯理小説從第一次出版至今，歷時已近半世紀，總共出了多少正版，還能計得清，若是連盜版一起算，那就算找外星人來算，也算勿清楚哉！不知能不能也算世界紀錄。

算得清好，算勿清也好，能幾十年來不斷出新版，説明不斷有讀者加入，對作者來説，沒有更值得高興的事了，謝謝所有喜歡衛斯理的人，謝謝謝謝。

二〇二〇年六月四日 香港

幾句話

寫了四十多年小說，論者將拙作分為三個時期：早、中、晚。在明窗出版的一批，屬於早期和中期的上半。三個時期的創作風格有相當程度的不同，所以風評不一。本人並無偏愛，但讀友對早期的作品，頗有好評，大抵是由於在早、中期作品之中，主要人物精力充沛，活力無窮，所以使故事曲折多變，小說也就格外吸引。明窗出版社此次重新出版這批作品，正好讓大家來證明這一點。

四十餘年來，新舊讀友不絕，若因此而能有新讀友，不亦快哉！

二〇〇五年十一月六日

序言

在衛斯理故事之中，《影子》流傳相當廣，由於它在故事結構上十分詭異神秘，也有着一種令人戰慄的恐怖氣氛，不少朋友看了之後，印象十分深刻。《影子》的設想十分奇特，宇宙中除了地球之外，可能有生命，絕對可以肯定，外星生命的形態，無法想像，但地球人還是要不斷想像，想像到了只是一個平面，也算是極致了。

《影子》的故事似乎還可以發展下去，有機會，當考慮做這件事。

《雨花台石》和《影子》一樣，都有衛斯理少年時期的描述，相當有趣，那時候少年人的生活、愛好、活動，自然和現在大不相同。故事中紅和白兩種力量的抗爭，自然只是信手拈來，沒有什麼特別的意義。

爭鬥被形容得十分慘烈——所有的爭鬥，其實都慘烈無比，所以最好是沒有爭鬥。故事最後表露了這個希望。

衛斯理（倪匡）

一九八六年十二月四日

目錄

目錄

雨花台石

影子

第一部

一棟舊屋子

早在寫完《蠱惑》之後，就準備寫這篇《影子》的，但是卻耽擱下來，寫了《奇門》。接着，又寫了好幾篇別的，所以拖下來的原因，是因為《影子》這篇故事，實在太奇幻，奇幻到幾乎不能解釋的程度。

再奇幻的故事，也可以有解釋的。例如說，一個奇異的生物，來自太空，不知道他來自什麼星球，但總可以知道他是從另一個不知名的星球上來的，那也算是有了解釋了。

然而，「影子」卻不然，它實實在在、不可解釋，但整個故事的過程，卻也很有趣，而且有一種極度的神秘，或者說是恐怖的感覺。

事情發生在很多年前，那時，我們都還是學生。我說「我們」，是指我和許信，許信是我的好朋友。

那一年秋季，我和許信以及很多同學，都在郊外露營，年輕的時候，參加過許多活動，再也沒有比露營更有趣的了，日後，顛沛流離，餐風宿野的次數多了，想起以前對露營的那種狂熱的興趣，總有一種苦澀之感，那且不去說它。

那一天晚上，當營火已經漸漸熄滅，整個營地都靜寂下來之際，許信突然來到我的帳幕中，他拿着一支電筒，一臉神秘，低聲叫着我的名字：「出來，給你看一樣東西。」

我給他在睡夢中搖醒，有些疑惑地望着他，但是他已向後退了開去，他的那種神情，使我覺得，他一定有極其重要的事和我商量，所以，我立時拿起一件外套，一面穿着，一面走出了帳幕。

我們來到一個小丘旁，他的樣子仍然很神秘，我低聲問道：「有什麼事？」許信道：「這是我下午收到的信，你看！」

他將一封信遞了給我，那封信是一個律師寫給他的。我們那時還年輕，看到了一封由律師寄出來的信，心中總有一種很異樣的感覺，我們都是寄宿生，信是先寄到學校，由校役轉送到營地來的。

我接過信來的第一句話，就道：「你下午就收到信了，為什麼現在才告訴我？」

許信指着那封信：「你看看再說！」

我將信紙抽了出來，那是一封通知，那位律師，通知許信，去領一筆遺產，遺產是一棟房子，是他的一個堂叔遺贈給他的。

信上還附着有關那屋子的説明，那是一棟很大的屋子，有着六七畝大的花園。

我看完了之後，許信興奮地搓着手：「你想不到吧，我有了一棟大屋！」

我也着實代他高興，一個年輕人，有了一棟大屋子，那實在是值得高興的事。我道：「露營還有五天就結束，結束之後就是假期，我想，我大概是你那棟屋子的第一個客人了，是不是？」

「你是屋子的一半主人！」許信一本正經地説：「我送一半給你，但是你必須和我一起，立即離開營地，我真的太心急了，真想明天就看到那棟屋子！」

「離開營地？」我躊躇了一下：「那會遭到學校的處分！」

許信握住了我的手臂，用力地搖着：「你想想，我們自己有了一棟大屋，還有六七畝大的花園，還理會學校幹什麼？」

我們那時都很年輕，現在想起來，那一番話實在是很可笑的，但是當時，我卻立即同意了許信的説法。對，自己有了那樣的一棟大屋子，還理會學校做什麼？所以我立即道：「好！」

我們一起來到了營地存放腳踏車的地方，推出了兩輛腳踏車來，騎上了車子，飛快地向前踏着。

我記得十分清楚，當天色快亮，我們也漸漸地接近市區之際，霧大得出奇，我們在到達離一條鐵路很近的時候，可以聽到火車駛過的隆隆聲，也可以感到火車駛過的震動，但是我們卻看不到火車，因為霧實在太大了。

但是我們卻一點也不減慢我們的速度，終於，在天亮時分，到達了市區。我們下了車，每人喝了一大碗豆漿和吃了兩副大餅油條，然後，繼續前進。當我們到律師辦公室時，根本還沒有開始辦公。

我們在門口等着，足足等了兩小時，才辦妥了手續，律師先恭喜許信，然後才告訴他，道：「那屋子很舊，如果不經過好好的一番修葺，不能住人！」

許信那時，高興得是不是聽清楚了律師的話，都有疑問，他揮着手：「什麼都不要緊，只要那屋子是我的，我就能住！」

他的手中，握着兩大串鑰匙，就是律師剛才移交給他，屬於那屋子的。

而那些鑰匙，大多數是銅的，上面都生了一重厚厚的銅綠，每一柄鑰匙上，都繫着一塊小牌子，説明這鑰匙是開啟屋裏的哪一扇門的。

從那些鑰匙看來，它們至少有十年以上未經使用，也就是説，那屋子可能空了十年。但我卻同意許信的話，只要那是我們自己的屋子，哪怕再殘舊，還是可以住的。

我們離開了律師的辦公室，仍是騎着腳踏車，向前飛馳，我們的心中實在太高興了，所以一面還在大聲唱着歌，引得途人側目。

屋子在郊區的一個十分冷僻的地點，我們雖然在這個城市中居住了不少時間，但是仍然花費一番工夫，才能找得到。

我們首先看到一長列灰磚的圍牆，一種攀藤的野生植物爬滿了那一長列圍牆，連鐵門上也全是那種野藤，當我們在門前下了車時，我們已可以從鐵門中，看到了那棟房子。

那的確是一棟雄偉之極的屋子，它有三層高，從它的外形看來。它至少有幾十間房間，而且它還有一個大得出奇的花園。

可是我們兩人，卻呆在門前，用一種無可奈何的目光互望着。

那屋子實在太舊了！

這時，我們當然還看不到屋子的內部，但是，單看看那花園，我們便有蠻荒探險的感覺。

那花園中有一個很大的池塘，池上還有一座橋，但這時，橋已斷成了幾截，浸在翠綠的水中，我從來也未曾看到過綠得如此之甚的池水，那簡直是一池綠色的漿糊一樣，洋溢着一片死氣。

在池旁有很多樹，但是大多數的樹上也都爬滿了寄生藤，野草比人腰還高，大多數已衰黃了，在隨風搖曳，在花園中，已根本辨認不出路來。

我們呆了片刻，我第一個開口：「好傢伙，我敢打賭，這屋子至少空置了三十年以上！」

許信有點不好意思，因為那屋子曾使他如此興奮，卻不料竟那麼殘舊。他吸了一口氣：「不管怎樣，那總是我們的屋子，可以叫人來清理花園，或者，我們自己來動手。」

我搓了搓手：「你說得對，快找鐵門的鑰匙來，我們進去看看。」

許信在五大串鑰匙中，找到了鐵門的鑰匙，插進了匙孔中，可是我們始終無法打開那鐵門，因為整個鎖都已成了一塊鏽鐵。

在花了足足半小時之後，我們放棄了打開鐵門的企圖，而手足並用，爬過了鐵門，翻進了園子裏，落在到達腰際的野草叢中。

我們分開野草，向前走着，走不了十幾步，我們的褲腳上便黏滿了長着尖刺的「竊衣」，我們繞過了那池塘，發現水面居然還浮着幾片枯黃了的荷葉，在一片荷葉上，有一隻大青蛙，用好奇的眼光望着我們。

我們繼續向前走着，來到了屋子的石階前，連階梯上也長滿了野草，當然，不如花園中那樣密。大門一共有八扇之多，下半是木的，上半是玻璃的，但是我們完全無法透過玻璃看到屋中的情形，由於積塵，玻璃已幾乎變成黑色。

我們一來到了門前，在屋簷上，便吱吱喳喳，飛出一大群麻雀，那群麻雀，足有一百多隻，飛了一圈之後，又鑽進了屋簷的隙縫之中。

我笑了起來：「住在這裏，倒有一個好處，光吃麻雀，就可以過日子了！」

但是許信的神情卻有點憤怒，他道：「我要把它們趕走，那是我的屋子！」

我提醒他：「嗨，我有一半，是不是？」

許信道：「當然你有一半，但如果你對這屋子表示不滿意的話，你隨時可以放棄那一半的。」

我道：「你的幽默感哪裏去了？」

「我沒有幽默感，」許信說得很嚴肅：「我已愛上這屋子了！」

我笑了起來：「我也愛上了它，我們之間會有麻煩？」

許信顯得十分高興：「當然不會，別忘記，它是屬於我們兩個人的。」

我推着門，門卻鎖着，我向發鏽的匙孔望了一眼，皺了皺眉，許信已將鑰匙插進了匙孔之中，用力扭動着，我則幫他搖動着門，足足忙了五分鐘，由於門的震動，簷上的塵土落了下來，落得我們滿頭滿臉。

我們終於推開了那扇門，許信發出一下歡呼聲：「我們一起進去！」

我和他握着手，一起走了進去，我們跨了進去後，都不禁呆了一呆。

那是一個極寬敞的廳堂。廳堂中一應家俬俱全，正中是一盞吊燈，在吊燈上密密的蛛網中，幾隻老大的蜘蛛伏着不動。

在所有的東西上，都是厚厚的塵，我從來未曾在一間屋子之中，見過那麼多塵土。

在牆上，掛着許多字畫，但是沒有一幅字畫是完整的，在陳列架上，還有很多古董，大多數是瓷器，在幾隻大花瓶中，傳出一陣「吱吱」的叫聲，幾隻大老鼠，攀在瓶口，用牠們充滿邪氣的眼睛，望着我們。

在天花板上，很多批蕩都已破裂了，現出了一根一根的小木條，在好些小木條上，掛滿了蝙蝠，我們推門進去的時候，蝙蝠拍打着翅膀，但是不一會，便靜了下來，仍然一隻一隻倒掛着。

我和許信互望了一眼，這樣的情形，實在是太出乎我們的意料之外了！

我又想說幾句開玩笑的話，我想說，這屋子借給電影公司來拍恐怖片，倒真不錯。但是我知道如果我說出來的話，許信一定會大大不高興。

是以，我忍住了沒有出聲，許信則嘆了一聲：「你有信心整理這間屋子？」

我點了點頭：「我們可以慢慢來，總可以將它打掃乾淨的。」

我們繼續向前走着，我們腳下的地板，發出「咯吱」、「咯吱」的聲音來，突然，有一長條地板翻了起來，在地板下，足有幾十頭老鼠，一起竄了出來。

牠們竄出來之後，就停了下來，望着我們，許信揮着拳：「我要養十隻貓！」

老實說，從那麼多老鼠來看，養十隻貓兒，怕還不夠老鼠的一餐！

不論許信對這棟屋子表示如何熱愛，但是當他看到了自地板下竄出了那麼多老鼠之時，他也不禁站定了，搖頭苦笑了起來。

而且，由於老鼠的突然受驚和亂奔亂竄，我和許信也立時發現了一個很奇怪的現象！

有一頭碩大的老鼠，在竄過一張桌子的桌面之際，「乒」地一聲，撞碎了一隻杯子，那杯子之中，自然也積滿了塵。

杯子跌在地上，碎裂了，這使我們注意到，在桌上還有好些杯子，看來好像是有五六個人圍着那張圓桌，正在喝咖啡談天，但是談到了一半，便突然離去了一樣，所以，杯子才留在桌上，沒有收拾。

而且，我們又看到，在一張安樂椅的旁邊，有一本書，那本書，已經被老鼠啃去了一半，但那不是書本應該存在的地方，唯一的解釋便是當時有人在那安樂椅上坐着看書。

但是，當他在看書的時候，他卻突然遇到了一些什麼事，是以放下書就離去。

接着，我們兩人雖然站着不動，但是卻發現了更多這屋子的人是倉皇間離去的證據，我比較細心些，我看到有幾個電燈開關是向下的，也就是說，當屋裏的人離去時，匆忙得連燈都來不及熄！

几上也有着杯子和一些碟子，在一些碟子上，還有着吃蛋糕用的小叉子，當然，已不會有蛋糕剩下的了，就算當時有，也一定被老鼠吃光了。

當我們剛走進這屋子的時候：我們的心中，都是十分興奮的，雖然感到那屋子太殘舊了，但卻還沒有什麼別的感覺。

然而現在，我從許信的臉色上可以看得出來，我們的心中，都有了一種陰森可怖之感！

我先開口將心中的感覺說出來：「許信，這屋子怕有點不對頭吧，好像是在突然之間發生了什麼怪事，所以人才全逃走的！」

許信的臉色也很難看，他講起話來，語調也沒有那麼流利了，他道：

「別……別胡說，這是一棟好屋子，是我們兩個人的。」

我向那些留在桌子上的杯子、地上的書，以及另外幾個屋裏的人是在倉皇中離去的證據指着，道：「你看這些，而且，我看這屋子本來一定住了不少人，可是你那位堂叔，為什麼忽然不要這屋子，讓它空置了那麼多年，到死了才送給你？」

許信搖着頭，道：「那我怎麼知道？我那位堂叔是一個很有錢的人，你要知道，有錢人做起事來，有時是怪得不可思議的。」

我心中的疑惑愈來愈甚：「你見過他？」

「見過幾次，不過沒有什麼印象了。」

「這也是一件奇怪的事，」我又說：「你對他沒有什麼印象，他一定也對你不會有太深刻的印象，你們的親戚關係也很生疏，他為什麼要在遺囑中，將這棟屋子送給你？我看，我們還是——」

當我講到這裏時，我有遍體生寒的感覺，因為這一切事都令人難以想得通！

許信遲疑着，他當然知道我未曾說完的話，是在提議我們離開這屋子，以後也不要再來。

在他的心中，雖然也有同樣的想法，然而，他卻又很不捨得，是以，他還在猶豫不決。

而就在這時候，花園的鐵門突然傳來了「砰砰砰」的一陣響聲，我和許信兩人，本來就在心中發毛，再一聽到那一陣突如其來的聲響，兩人都嚇了一大跳。

比較起來，還是我膽子比較大一些，因為一聽到那一陣聲響，許信的臉色發青，立時緊緊地抓住了我的手臂，但是我的頸骨雖然覺得僵硬，卻還有足夠的鎮定，轉過頭去，看了一看。

我看到鐵門外，像是站着三五個人，還有一輛房車停着，那年頭的汽車，幾乎全是黑色的，這一輛，也不例外。

花園很大，我只看到一個女人和那拍門的是一個身形相當高大的男人，別的我就看不清楚了。

我拍了拍許信的肩頭：「有人在拍門，我們出去看看。」

許信這才轉開頭來，鬆了一口氣：「這些人怎麼一點聲息也沒有，就拍起門來了？」

我心中只感到好笑，許信那樣的埋怨，自然只是為了掩飾他心中的驚恐，他放開了我的手臂，我們都不約而同地向外退了出去，我們是退出去，而不是轉過身，向外走出去的。當時，我們根本未去想一想為什麼要那樣，直到事後追想起來，才知道我們當時的心中有着極度的恐懼，生怕屋子裏有什麼東西撲出來，撲向我們背後，令我們無法預防之故，所以我們才會面對着屋子，向外退了出來的。

一直來到了花園中，我們才轉過身，奔向鐵門。

在拍門的人看到我們向鐵門奔去，不再拍門。我們奔到了門前，喘着氣，看到站在門外的是一個五十多歲的婦女和兩僕人。

那老婦女的衣著很華麗，神情也很雍容，另外兩個男人，身體都很強壯，一個多半是司機，另一個則可能是男僕。

許信一看到了那老婦人，便怔了一怔，他有點不肯定地道：「是……嬸娘？」

那老婦人連忙道：「你倒還記得我，我們已有三四年沒見了吧？」

許信叫那老婦人為「嬸娘」，我便立時想到，那老婦人可能就是許信那位古怪的堂叔的遺孀。

果然，許信的介紹，證明了這一點，我有禮貌地叫了她一聲「許伯母」。

老婦人道：「你將門打開來再說。」

許信苦笑着，道：「嬸娘，我打不開這門，我們是爬進來的。」

老婦人回過頭去：「你們兩人將門撞開來。」

那司機年紀輕些，立時回應了一聲，那男僕看來也有五十上下年紀，他比較慎重：「太太，我看你還是不要進去，讓我們進去較好！」

許信的臉突然漲得很紅，他提高了聲音：「嬸娘，堂叔在遺囑中講明，他將這屋子送給我了，現在，這是我的屋子！」

許信是一個十分倔強的人，從他這時堅決維護其權益的神態中，可以看出這一點來，他又道：「我不要鐵門被砸爛。」

那老婦人呆了一呆，才笑道：「阿信，我們是自己人，這屋子就算是你的，我難道不能進來？」

「當然可以，但是我是主人！」

那老婦人道：「是的，可是你有沒有注意到遺囑的內容，我可以有權利在這屋子裏取回一些東西？」

我和許信互望了一眼，我們都曾聽律師讀遺囑，但是我們都沒有仔細聽，因為當時我們都沉浸在自己擁有一棟花園大屋的狂熱興奮之中。

許信的神態立時不那麼緊張了，他道：「那當然可以，就算遺囑中沒有規定，我也會讓嬸娘去取東西的，但是門真的打不開，嬸娘可以爬進來。」

老婦人皺着眉，那司機道：「鎖多半是鏽住了，我有滑潤油，可以再試試！」

他從車中取出了滑潤油來，注入鎖孔之中，許信將鑰匙交了給他，他用力扭動着，鎖中發出「喀喀」的聲音，落下許多鐵鏽來。

他花了大約七八分鐘，終於「格」地一聲，扭開了鎖，用力將鐵門推了開來。

鐵門在被推開的時候，發出一陣難聽的「咯吱」、「咯吱」聲。

鐵門一推開，老婦人便向前走來，那男僕連忙跟在她的後面，叫道：「太太，太太！」

老婦人走了十多步，才站在草叢之中，她的神態很激動，也很憤怒，她不斷地道：「阿尚，你看看，阿尚，你看看！」

「阿尚」自然就是那老僕的名字，他四面看看，也發出一陣陣的嘆息聲來。

老婦人道：「阿尚，你看，好好的屋子變成了這模樣，老爺也不知道發了什麼神經！」

阿尚在維護着他的男主人：「太太，老爺當時一定遇到了什麼奇怪的事，所以才不要這屋子的，是以，你還是不要進去的好，屋子空置了太久，只怕裏面會有一些……東西！」

我用心聽着阿尚和老婦人的對話，因為我聽出，他們兩人都是曾在這屋子中住過，而且是倉卒離開屋子的許多人中的兩個。

我問道：「當時，你們為什麼不要這屋子？」

阿尚和老婦人望了我一眼，都沒有回答我的問題，老婦人繼續向前走去，一面走，一面不住搖頭嘆息，當她來到大廳的石階前，看到了大廳中的情形，她難過得像是想哭一樣。

許信連忙道：「嬸娘，屋子裏有上千頭老鼠，你要取些什麼東西，我替你去取好了！」

老婦人卻固執地道，「不，我自己去，阿尚，司機，你們跟着我！」

我們五個人一起走進了大廳，我走在最後，我的心中很亂，我在想，許信的嬸娘這時要來取的東西，一定是極其重要的物品。

由此也可以證明，她離開屋子的時候，真是匆忙到極點。究竟她為什麼會如此匆忙離開這屋子呢？據她自己說，是「老爺發神經」，但是阿尚卻說，「老爺可能遇到了什麼事」。

究竟為什麼要離開，只怕他們也不知道！

走進了大廳之後，許信扶着他的嬸娘，因為老婦人看來像是要昏過去一樣。

大廳中的情形，實在太陰森可怖，我和許信都是年輕力強、天不怕地不怕的小伙子，尚且一進來，就感到自脊梁骨中，直透出了一股寒意，何況是一個老婦人，更何況她原來是住在那屋子裏的。

她的臉色變得十分難看，阿尚連忙道：「太太，我看你還是別上去了，你要取什麼東西，我替你去取，太太，你可以相信我的！」

老婦人也不再向前走去，她喘着氣，轉過身來。

許信仍然扶着她，一行人又退到了門外，她深深地吸着氣：「阿尚，在我的睡房中，有一個鑲羅甸的壁櫥，你是知道的。」

「當然，我記得的。」阿尚回答說。

「那壁櫥的最下一格抽屜拉開來，下面還有一暗格，那暗格之中，有兩個箱子……」許太太講到這裏時，略頓了一頓。

然後，她像是下了很大的決心，才講了出來：「那兩個小箱子中，一個放了我的首飾，連我的嫁妝也在內；另一個則是幾處地契。你老爺在世時，說什麼也不肯讓我去取回來，現在他死了，我非要將它們取回來不可，別的我可以不要，這些東西，我一定要的。」

她在講到「一定要的」之際，神情極其激動。

而我聽到她那樣説，也不禁呆了。

我早就根據種種情形，推斷這屋子裏的人，當年離開屋子之際，是匆忙到極點，可是現在聽許信的嬸娘那樣説，情形似乎比我所想像的更匆忙！因為她連那麼重要的東西都未及帶走，真難想像當時是什麼樣的情景！

當我想到這裏的時候，忍不住問道：「伯母，當時你們為什麼走得那麼匆忙？」

可是她卻並沒有回答我的問題，只是望了我一眼，一臉不信任我的神色。

我雖然極想知道當時的情形，但是也不會再去自討沒趣，我沒有再問下去。

阿尚連聲回答：「好，我去取！」

他在答應了之後，向大廳望了一眼，卻又有點畏縮起來：「姪少爺，你和我一起去可好！」

許信比阿尚更害怕，他又望着我：「你也一起去，好麼？」

阿尚立時同意，「好的，好的，多幾個人，總是好的，有什麼事，多少也可以壯壯膽。」

我略為遲疑了一下：「好。」

我答應了許信的要求，倒不是為了別的，而是我想，在許信的嬸娘處，問不出什麼道理來，但是在阿尚的口中，倒可以問出些名堂來的。

我們三人一起走進大廳，這是我第二次走進大廳了，是以陰森可怖的感覺，也減輕了不少，許信還在說笑着：「唉，不知要花多少錢來修葺這屋子，希望堂叔有錢留在屋裏。」

阿尚神神秘秘地道：「姪少爺，我知道老爺的書房中，有不少銀洋和金條，他走的時候，一定也來不及帶走，恐怕還在！」

許信高興地道：「阿尚，如果真的有錢的話，我分一點給你，你的棺材本有了。」

阿尚連忙道：「多謝姪少爺！」

我趁機問道：「阿尚，當年你老爺一家人，為什麼那麼倉皇離開這屋子的，你能告訴我麼？」

這時候，我們已來到了樓梯口。

阿尚聽我那樣説，停了下來，嘆了一聲：「這件事，説來也真奇怪，我一時之間也説不完。而老爺是絕不准我們提起的。」

我連忙道：「你老爺已經死了！」

阿尚道：「是啊！是啊！」

他雖然説着「是啊」，但是他並沒有將經過的情形告訴我的意思，我也不再去逼他，因為我已看出他是不想告訴我的了。

我道：「現在許太大等着我們拿那兩個箱子給她，還是有機會時再説吧。」

「好，好！」阿尚答應。

站在樓梯口向上看去，只見樓梯上本來是鋪着地氈的，但現在地氈上被老鼠咬走的部分，比剩下的部分還要多。

第二部

倉卒之極放棄住宅

許信的膽子絕不比我大，但可能他對這屋子的熱忱比我更甚，是以他首先踏上樓梯。

木樓梯承受了我們三個人的體重之後，發出可怕的「格吱」、「格吱」的聲音來，從木縫之中，又竄出了許多老鼠。

一直到登上了二樓，並沒有發生什麼意外。

二樓的殘舊情形，比起大廳也不遑多讓，阿尚看了，只是搖頭，他向一扇緊閉着的門指了一指：「姪少爺，那就是老爺的書房。」

許信大感興趣：「堂叔在他書房中，留着不少金銀，可是真的？」

阿尚道：「是，有一次我老母死了，他叫我進去，數了三十個大洋給我，我親眼看到的。」

許信向書房門口走去，我道：「許信，你還是先將你嬸娘要的東西取出來的好！」許信不知是不是聽到了我的話，但是他卻來到了離門口三四寸處，便突然站定了身子，接着，他便叫了起來，道：「衛斯理，你來看！」

他那突如其來的一下叫聲，令得我和阿尚都嚇了老大一跳，我不禁埋怨道：「許信，什麼事大驚小怪，人會給你嚇死的！」

「你看，」許信還是指着那扇門，「門上面寫着一行字！」

不是許信指着門那麼說，我真看不到門上有字留着，因為光線不是很亮，門是赤褐色的，那一行字，是用黑筆寫的，門上又是灰塵，若不是走得近了，一定看不到門上有字。

我一看到門上有字，便也連忙走向前，用衣袖抹去了門上的積塵，便可以看得比較清楚，那是一行極其潦草的字，但是我也立即認了出來，那行字是：絕不准打開此門！

我和許信互望了一眼，許信衝動了起來，便握住門柄，將門推開，我連忙伸手，將他拉住：「許信，別亂來！」

許信道：「怕什麼？事情過去那麼多年了，這房間裏會有什麼？」

我道：「在事情未弄清楚之前，我們遲一步進去，不是怕什麼，而是你嬸娘在等着。」

許信望了我半晌，終於同意了我的話。

阿尚顯然目不識丁，他睜大了眼，問道：「那些字，説些什麼？」

我拍着他的肩頭：「沒有什麼，我等一會和你詳細説，許太太的臥室在哪裏？」

阿尚眨着眼睛：「在三樓。」

我將許信拉向後，這時候，只覺得在這棟殘舊的屋子中，可以説充滿了神秘，而神秘的頂峰，自然就是門上的那行字了。

我們再一起向三樓走去，來到了一扇門前，許信伸手將門推了開來，房間裏很暗，木製的百葉窗簾全關閉着，我們一齊進去後，許信想將百葉簾拉開來，但是一用力，「嘩啦」一聲，整扇百葉簾，一起跌了下來。

許信將百葉簾抛在地上，罵了兩聲，房間明亮了起來，我看到牀上疊着被，但是被子卻又成了老鼠最佳繁殖的地方。

一變得明亮，許多小老鼠還不會爬行，就從被窩中跌了出來，蚊帳和被褥已所剩無幾，那些壁櫥的櫥門上，有着孔洞，裏面的衣服也全都被咬爛了。

許信一面拍着身上的塵土，一面道：「希望那兩個箱子未被咬爛！」

阿尚已俯身拉開了最後一個抽屜，當抽屜被拉開之際，一大群蟑螂奔了出來，房間裏所發出來的氣味之難聞，真是無與倫比。

阿尚捏着鼻子，又開了一度暗門，再伸手進去，提出了一個箱子來。那是一個鐵鑄的箱子，已生了很多鏽，但還沒有損壞。

阿尚喘了一口氣，又伸手將另一個箱子也取了出來，兩個箱子一樣大小，阿尚提着它們，道：「姪少爺，我們可以下去了。」

我推了推許信，許信向我湊過來，我低聲道：「設法將阿尚留下來，我有話問他。」

許信點了點頭，我們一起下了樓，許太太看來已等得很焦急了，一看到我們在門口出現，她踏上石階來，阿尚提着那兩個箱子，報功道：「太太，是不是這兩個？我一找就找到了！」

「是，是！」許太太將箱子接了過來，放在石階上，她打開手提袋，取出了一串鑰匙，自言自語道：「幸而這兩個箱子的鑰匙，我一直帶在身邊！」

她用其中的一柄，去打開一個箱子，她扭着鑰匙，扭了好久，才將箱子打開來，在陽光之下，我們都看得很清楚，那箱子裏一層一層全是極其貴重的首飾，有鑽石，有翡翠、也有珍珠。

我呆了半晌，許太大連忙合上了箱蓋，唯恐被人搶走一樣，她道：「我們回去了，阿信，屋子裏別的東西，都歸你了。」

許信連忙道：「謝謝嬸娘。嬸娘，我想請阿尚留下來，幫幫我的忙。」

許太太也許急於要回去了，是以她對許信的問題，幾乎考慮也不考慮，就道：「好的，阿尚，你就留在這裏，幫姪少爺的忙。」

她一面說，一面已轉過身，向車子走去，司機走快幾步，替她打開了車門，她登上了車，車子絕塵而去。

等到車子駛走之後，我拍了拍石階：「阿尚，現在你可以告訴我們，事情是怎樣發生的了？」

阿尚望了望許信，許信道：「你只管說，阿尚，我不會虧待你。」

我們三人一起在石階上坐下來。那時，陽光仍然很燦爛，我們是對着陽光而坐的，但不知怎地，總有一股陰森之感。

阿尚坐了下來之後，又呆了半晌，才道：「事情雖然已過去很久，但是我還記得很清楚，那天晚上……」

我插嘴道：「事情是發生在晚上？」

「是的，是晚上九點多鐘，天氣很冷，太太和幾個親戚在大廳中喝咖啡，聽收音機，我們下人全在廚房中，剛吃完飯，老爺就怪叫着，從樓上奔了下來。」

我和許信互望了一眼，我道：「你老爺平時有沒有那樣的情形？」

「沒有，一點也沒有，我常聽到丁先生說，老爺是什麼……不苟，不苟什麼的。」

「不苟言笑。」我提醒他。

「是的，不苟言笑，丁先生是吃閒飯的，那天，他恰好不在。」阿尚說着。

我明白阿尚口中所謂「吃閒飯」的意思，那位丁先生多半是清客，有錢人家中，常有這種人。

許信接着又問道：「他叫什麼呢？」

阿尚皺起了眉，道：「當時，我們下人聽見老爺的怪叫聲，還以為發生了什麼大事，一起衝了出來，當我們來到大廳上時，老爺正拉着太太向外走，不斷地叫所有的人全出去。」

那時，不但阿尚皺起了眉，連我和許信，也一起皺起了眉，我連忙問：「那時候他臉上的神情是怎樣？」

「駭人極了，臉色鐵青，大太給他拉得向外直跌了出去，太太在叫：『你發神經了？』可是老爺卻只是頓着足，叫屋子裏每一個人都離開，老爺平時夠威嚴，沒有一個人敢不聽他的話，雖然大家都覺得事出意外，但還是一起湧着，出了花園。」

許信聽得入了神，連忙道：「以後呢？」

「我們全是倉皇奔出來的，什麼也沒有帶，卻不料我們一出了花園，老爺就立時將花園的鐵門鎖上，指着屋子：『誰敢走進屋子一步，就算我不知道，也不會有好結果的！』」

阿尚講到這裏，身子震了一震，哭喪着臉：「可是現在我已走進來了！」

我回頭向屋子看了一看，心頭也不禁生出了一股異樣的恐怖之感來。

許信安慰着阿尚：「不要緊的，他說的時候，屋子是他的，現在，屋子是我的了！」

阿尚是一個頭腦簡單的人，他害怕的顯然不是屋裏有什麼怪異，而是老爺的那句話。而那句話在阿尚的心中，留下了如此深刻的印象，因此也可以知道，老爺在說那句話的時候，神態是何等兇狠和堅決了！

我又問道：「然後呢？」

「太太當時就和老爺吵了起來，說老爺發神經，要衝回屋子去，但老爺的話更可怕，他說，誰要是再敢踏進這屋子，等於要他死！太太哭了起來，說就算不要屋子，她也要將東西取出來，可是老爺不許，我們當夜是住在旅館中的。」

阿尚繼續說：「後來，沒有幾天，老爺就派人買了另一棟屋子，也沒有人再敢來這裏。」

我懷疑道：「那也說不過去啊，你們下人全是住在這屋子的，難道他也不讓你們來取回東西？」

「老爺待下人倒是好的，他給我們每人很多錢，足夠買回我們那些破東西的了。他還對我們說，無論是誰，不管有多少好處叫我們到那屋子去，都不准去，去了自己倒楣！」

「太太沒有叫你們去？」

「有，叫我們去了好幾次，但是有老爺的話在先，我們當然不敢去，我們也曾偷偷來屋子四周看過幾次，但後來，就沒有人再提起了。」

我站了起來，道：「當時，他為什麼要叫你們離開，你們後來知道了？」

「不，一直不知道，太太的近身娘姨說，連太太也一直不知道，可見老爺未曾對別人説起過。」

許信仰起頭來：「太奇怪了，衛斯理，你説是為了什麼原因？」

我苦笑着：「我怎麼知道，我甚至未曾見過你那位古怪的堂叔。」

許信道：「我也只不過見過他幾次而已。」

我的心中，又升起了一個新的疑惑：「許信，你見過他的次數並不多，為什麼他要將這屋子遺下給你，你知道麼？」

許信道：「自從接到律師的通知信之後，我的心中就一直在遲疑着，不知道是為了什麼，直到現在，我才想出原因來。」

「那是為了什麼？」我連忙問。

許信道：「首先，我們得假定，在這間屋子中，曾發生過一件不可思議的怪事。」

「那還用說，」我立時同意：「如果不是那件怪事，怪到了極點，那麼，任何人都不會在如此倉卒的情形下，放棄了住所的。」

「那麼，」許信說：「我想原因就在這裏了，有一次過年，我到他家裏去拜年，和幾個堂兄弟在一起閒談，我們在談論着世上有很多怪事，當時，我力排眾議，說一切怪事都是科學可以解釋的，世界上其實並沒有所謂怪事存在。」

我那時還年輕，年輕人的頭腦，總是簡單的，而且，對一個剛接受初步科學訓練的人來說，總覺得科學是萬能的，凡是超出現有科學水準之外的一切，都否定之曰「迷信」，我當時的情形，正是那樣。

所以，我立時道：「是啊，你的說法很對啊！」許信道：「當我們爭論得很劇烈的時候，我的堂叔走過來旁聽，他聽了一會，才拍了我的肩頭道：『你的話錯了，世界上有很多怪到無法想像的怪事，絕不是任何科學家所能解釋的，你將來就會知道了！』他講完就走開了。」

我有點明白了：「是了，所以他將這屋子遺下給你，他要你在這屋裏，也碰到他曾遇到的那個不可思議的怪事！」

「我想他就是這個意思。」許信點着頭。

我們兩人在講話時，阿尚用心地聽着，當聽到這裏的時候，他突然害怕了起來：「姪少爺，我看你還是不要這屋子了吧，你想想，老爺若不是遇到了什麼怪事，怎會那樣？」

許信拍着胸口，年少氣盛地道：「他怕，我可不怕，阿尚，你不懂，我們是受現代教育的人，不信鬼怪！」

阿尚點頭道：「是，是，可是姪少爺，我……卻很害怕，我……想回去了。」

我們留阿尚在這裏，本來就是想在他的口中，套問出當年發生的事來，現在，他所知道的全說出來了，而他一個人，老實說也幫不了什麼忙，所以他要走，我們都答應：「好，你回去吧！」

阿尚急急向前走去，好像唯恐走慢一步，就會給鬼怪吞噬了一樣。

老實説，我和許信兩人，當時都有一股寒森森的感覺，但是為了表示我們的大膽，所以當阿尚急急離去的時候，我們都指着他，哈哈大笑着。

等到阿尚走出了花園，我們才停止了笑，許信問道：「你看，這裏曾發生過什麼事？」

我道：「不知道，但如果有什麼怪事發生的話，那麼，一定是在你堂叔的書房中發生的。」

許信平時十分喜歡看偵探小説，這時，他壓低了聲音，用十分神秘語氣道：「你看，是不是我堂叔做了什麼不可告人的事，唯恐給人家發覺，是以才故弄玄虛，將人趕走的？」

我心中一動：「也有可能，如果他在書房中謀殺了什麼人，那麼，這應該是他掩飾罪行的最好方法了，是不是？」

許信握着拳：「所以，我們一定要到書房去看個究竟。」

我立時響應：「對！」

我們一起轉過身，又走進了大廳，然後，上了樓梯，來到了書房的門口。

氣氛本來就陰森，寫在門口的那行字，更給我們的心理上增加了不少威脅，是以當我們來到了門口之後，我們都略呆了一呆，互相望着。

然後，我道：「我們一起撞門進去。」

許信點着頭，我們後退一步，肩頭在門上撞着，只撞了一下，「嘩啦」一聲響，整扇門便被撞了開來，揚起了一蓬積塵。

那是一間十分寬大的書房，四壁全是書櫥，但是可憐得很，所有的書全都蛀成紙屑了。

在書房正中，放着一張很大的寫字檯，寫字檯旁，有一個大木櫃，還有幾張舒服的座椅。

一眼看去，已可以將書房裏的情形，完全看在眼裏了，可是卻並沒有我們想像中的犯罪證據，例如留在書房裏的屍體之類（經過了那麼多年，屍體應該變成了白骨了，但是不幸得很，連白骨也沒有）。我們走進書房，繞着書桌走了一遭，書房和別的房間一樣，雖然殘舊得可怕，但是卻並沒有什麼太特別的地方。

我們看到，書桌上有一個墨盒打開着，早已乾了，還有一隻煙斗，跌落在桌旁，最使人覺得奇怪的是，書房裏一隻老鼠也沒有。

許信走到那個木櫃旁，拉開了木櫃櫃門，他發出了一下歡呼聲，在木框中，整齊地疊着一疊又一疊的銀洋，只怕有好幾千塊之多！

那時，正是幣值迅速下跌，銀洋最吃香的時候，驟然之間，有了那麼多銀洋，許信如何不大喜若狂，我也替他高興，那種高興，將我們為這屋子的陰森而感到的可怕一掃而光！

我們歡呼着，跳躍着，衝出了屋子，幾乎要將我們的高興，告訴每一個人。但我們卻遇不到什麼人，因為那屋子四周圍，十分冷僻，冷僻得一個人也沒有。

在接下來的一個月中，我和許信兩個人，可以說是忙極了。而且，我們也成為學校中最出名的人。因為我們出一塊銀洋一天，雇用同學來清理這屋子，等到體育教員和校長發現營地上一個人也沒有時，暴跳如雷，追查罪魁，查到了原來是我和許信。

而我和許信，平日又是學校中出了名的搗蛋分子，自然罪加一等，立時出布告，記大過，可是同學們參加清除工作的熱忱，卻絲毫不減。

十幾歲的小伙子，正是精力最旺盛的時候，根本不知道什麼叫疲倦，而人數最多的一天，參加工作的人，多達三百餘人，銀洋像水一樣流出去，那棟屋子，也漸漸像樣起來了。

半個月後，花園之中寸草不留，雜草和好草一律鏟了個乾淨，屋子內外，經過了修整、粉飾，舊家具和清除出來的垃圾，全被堆在屋後的空地上，淋上火油，放了一把火。

那一把火，燒得半天通紅，我們二三百個人，就圍着火堆，唱着歌，跳着舞，慶祝我們完成了清理屋子的工作，那時，電流也已經接通了，全屋上下大放光明，一直到午夜，所有的同學才陸續散去，終於，只剩我和許信兩個人了。

我們回到大廳之中，大廳中空蕩蕩的，幾乎整棟房子都是空的，因為所有的家具都壞了，連一張勉強可坐的椅子也找不出來。

我們躺在地板上，這時，老鼠已不見了，在一個聚集了超過二百個不滿二十歲的小伙子的地方，哪裏還有老鼠立足的餘地？

第三部

不能和影子一起生活

脫了釘的地板也重新釘好，地板乾淨得和船上的甲板一樣，我們躺在地板上打滾、跳躍，直到我們也感到有點疲倦了。

許信撐起頭來，問我：「喂，我們睡在什麼地方？」

我眨了眨眼：「如果你有足夠的膽子，那麼，我們睡到書房去！」

許信跳了起來：「好！」

我們一起奔上樓，整個房子所有的燈都開着，書房門上的那一行警告，也早已被新的油漆塗沒了，整棟房子中，也只有書房還有家具，因為書房中沒有老鼠，我們在一張大沙發上，坐了下來。

當我們較為冷靜之後，我就想起許信的堂叔來，我道：「許信，那天晚上，在這間書房裏，究竟曾發生過一些什麼事，你想得到麼？」許信搖了搖頭，打了一個呵欠：「想不到，而且，我也不想去想它。」

他在那張大沙發上倒了下來，我將大沙發讓給他睡，自己則坐在另一張安樂椅上。

許信不久就睡着了，這時，整棟房子靜得出奇，我可以清楚地聽到自己心跳的聲音。

我用一種十分奇特的心情，期待着一些奇異事情的發生。可是，卻只是寂靜，什麼也沒有，我等了又等，疲倦襲上心頭，我也合上眼，睡着了。

我不知睡了多久，但我的確睡得很甜，如果不是那一下叫聲，來得如此突然和尖銳，我是不會醒來的，我被那一下尖叫聲驚醒，睜開眼來，看到許信已坐了起來，他滿面驚慌之容，指着我的身後，道：「你……你……」

我被他的樣子，弄得毛髮直豎，遍體生寒，而由於我的背後並沒有長着眼睛，我當然不知道背後有些什麼怪東西。

我是在沉睡中突然驚醒過來的，一醒過來，就遇到了那樣的場面，使我實在不知道該如何應付才好，我只是急叫起來：「天，我背後有什麼？」

許信向前指着的手，縮了回去，他揉了揉眼，將眼睛睜得大些，臉上驚慌的神情消失了，代之以一種十分尷尬的笑容，他道：「沒有什麼，我……剛才一定是眼花了，沒有什麼！」

直到這時，我的頭頸才不再僵硬，轉過頭去看一看，在我的身後，是一幅雪白的牆壁，什麼也沒有，我鬆了一口氣：「你剛才看到了什麼？」

許信搖着頭，道：「我一覺睡醒，覺得燈光刺眼，想熄了燈再來睡，好像看到牆上有一個很大的背影，那黑影像是在俯身看你，所以才驚叫了起來。」

我剛才已回頭看過了，在我身後的牆上什麼也沒有，但聽到許信那樣說，我還是不由自主，又回頭向牆上看了一眼。

牆上當然沒有什麼黑影，我放心了：「別吵了，天還沒亮，我們還可以睡，要不要熄燈？」

許信猶豫了一下：「好的。」

我站了起來，熄了燈，那是一個陰天，熄燈之後，房間裏一片黑暗，只有走廊中的燈光，自門縫中透了一點進來。

我們都沒有說話，說實在的，許信雖然承認是他眼花，但是他的神情卻很緊張，我心中也有些疑惑，因為許信的話很奇怪，他說，看到牆上有一個影子，而那影子「正俯身在看我」。

這不知道是什麼形容詞，影子怎會俯身看人？我一面想着，但是終於敵不過疲倦，迷迷糊糊又睡着了，等到我們又醒來時，已是紅日高照了！

許信伸着懶腰：「我們睡得很好啊，沒有紅毛殭屍，也沒有變成漂亮女人的狐狸精出現！」

我笑着：「除了你半夜醒來，看到的那個影子！」

一提起那個影子，許信的神色仍然有多少不自在，但是他卻隨即打了一個「哈哈」：「那只不過是我的眼花而已。」

我也沒有再説什麼，我們一起到花園中跑了一圈，回來啃着隔夜的麵包，用自來水送下去。

接下來的幾天，我們在這棟屋子裏，玩着「尋寶遊戲」。所謂「尋寶遊戲」，是我們在全屋子搜索着，找尋着隱藏着的事物。

而我們的目標，主要是在那間書房裏。

許信的堂叔真是一個怪人，他的書房，像是機關佈景一樣，幾乎每一個書架子都可以移動，而在移開書架之後，便是藏在牆內的暗櫃。

我們打開了很多暗櫃，暗櫃中的一切，都仍然很完整，我們找到很多股票，找到不少外幣，也找到早已改革了、變成了廢紙的鈔票。

有很多抽屜都加上精巧的鎖，我們費了很多的心思，去弄開那些鎖，到後來我和許信兩人，幾乎都成了開鎖的專家。

但是，我們對其中的一個抽屜，卻一點辦法也沒有。那是一個鋼櫃的鋼抽屜。

所有的暗櫃之中，只有那一個是鋼的，那鋼櫃有兩呎寬、八呎高，一共有八個抽屜，其中七個都沒有上鎖，在第二個抽屜中，我們找到了一大把美鈔，是以對那個鎖住的抽屜，我們更感到莫大的興趣。

我們一面用盡方法想打開它，一面則不斷揣測着，抽屜裏面可能有些什麼。

我們都一致猜想，在那抽屜中，一定是最值錢的東西，不然，何以要鄭而重之地將之鎖起來？

正因為如此，所以我們的興趣更大，可是那柄鎖實在精巧，我們用盡了方法，仍是沒有法子將它打開來，而我們已花了五天之久。

最後，在一個下午，我抹着汗：「許信，我們不妨承認自己的失敗，去請一個職業鎖匠來吧，我們打不開這柄鎖！」

許信抬起腳來，「砰」地一聲，在鋼櫃上踢了一腳：「我去請鎖匠。」

我點了點頭，許信奔下樓，我聽到了一陣摩托車的「拍拍」聲，那是許信新買的恩物，我從窗口看出去，摩托車噴着煙，他已走了。

我在沙發上坐下來，望着那鋼櫃。

不知道在什麼時候開始，我突然想到，現在，整棟房子裏只有我一個人了！

這些日子由於根本沒有什麼事故發生，所以我早已將這棟屋子的神秘處忘記了，但這時，卻突如其來的想起來。

我自從第一次來到這屋子，就從來未曾一個人在這裏度過。

最多的時候，我和二三百個人在一起，而最少的時候，我也和許信在一起。

但是現在，卻只是我一個人。

我的心中起了一陣異樣的感覺，我坐不穩了，站了起來，大聲咳嗽着。

我當然並不是喉嚨癢，我那樣大聲咳嗽，只不過是為了替自己壯壯膽而已，我來回走着，許信去了很久，還不回來，我實在等得有點不耐煩了。

我走到書房門口，我想下樓去等他，可是我才跨出書房門口，就聽得書房裏傳來了一下很異樣的聲響。

我一直很難形容這一下聲響，但是我的的確確聽到了那一聲響。那像是有一樣什麼東西，要從一個極窄的縫中硬擠出來時，所發出的聲音。我嚇了一大跳，連忙轉身，書房裏仍然什麼動靜也沒有。

我向窗外看了看，窗子太舊，木頭的窗框如果給風吹動，可能也會發出這種聲響來的。

但是，窗子雖有幾扇打開着，卻沒有動，也不像曾有風吹進來。

我僵立在門口，身上只感到一股又一股的寒意，那是什麼聲響？我是應該走進書房去察看究竟，還是奔到門口去，等許信回來？

就在這時候，我又第二次聽到了那下聲響，而且，我立時聽出，那下聲響，就是從那個鎖着、我們費了好幾天的時間仍打不開來的抽屜中發出來的。

我整個人直跳了起來，大叫一聲，轉身就逃，衝下樓梯去；這時許信駕着摩托車回來，在摩托車的後面，坐着一個老頭子，那老頭子雙手抱住了許信的腰，眼睛緊閉着，臉色青白。

那當然是許信的飛車技術，將他嚇壞了。

這時，我卻可以知道我自己的臉色，也不會比那老頭子好多少。

許信停了車，向我望了一眼：「喂，你臉色怎麼那樣難看？」

我連忙道：「沒有什麼，這位是鎖匠？」

許信拍着那老頭子緊抓在一起的手：「到了，可以放開手了！」

那老頭子這時才敢睜開眼來，他喘着氣：「先生，等一會，我自己回去算了。」

許信道：「好啊，我還嫌費事呢，來，快跟我上樓。」

我走到許信的身邊，低聲道：「剛才，我好像聽到那抽屜中發出了兩下怪響！」

許信呆了一呆，隨即轟笑了起來：「或許是財神菩薩在提醒我們要發財了。」

我苦笑着，一個鎖住了的抽屜會發出怪異的聲音來，這本來是很難令人相信的事，所以我也沒有再講下去，我們帶着那老鎖匠一起上樓。

那老鎖匠甫進屋子之後，便一臉疑惑的神情，他不住打量着我們兩個人。

那實在是難怪這個老鎖匠的，我們兩人年紀很輕，而這棟房子又如此大，我們看來實在不像這屋子的主人，而且，屋裏空蕩蕩地，根本不像是有人住的樣子，難怪我們看來很「形迹可疑」了。

我想，如果不是那老鎖匠怕我們會對他不利的話，他一定會拒絕替我們開鎖的。

但是，到了二樓之後，老鎖匠終於也忍不住問道：「這房子是你們的？」

「當然是！」許信回答着：「不是我們的，是你的？」

老鎖匠微笑着，沒有再出聲，許信帶着他走進了書房，向那鋼櫃一指：「就是這個抽屜，如果打開了，我給你十元銀洋。」

老鎖匠眨了眨眼睛，十元銀洋並不是一個小數目，他來到抽屜前，先仔細端詳了一下，道：「這是最好的德國鎖，我是不是能打開它，還不知道。」

許信道：「你要盡力試！」

老鎖匠打開了他的工具箱，先取出了兩根細鋼絲來，伸進了鎖孔，不斷地探索着，看他那種聚精會神的樣子，就像那兩根鋼絲，就是他的觸鬚一樣。

他足足探索了有十分鐘之久，他的工作似乎一點進展也沒有，我和許信兩人已經等得有點不耐煩了，但就在此際，老鎖匠那滿是皺紋的臉上，突然露出了一絲笑容，他將那兩根鋼絲，留在鎖孔中，然後，再用一根尖而細的鐵絲，伸進鎖孔去。

他的雙手不斷做着同一個動作，將那鐵絲壓下去，每當鐵絲壓下去之際，我們就聽到鎖孔之中，傳來輕微地「拍」的一聲響。

看來，他能打開那抽屜，我和許信的心裏都很緊張，因為我們急於想知道，那抽屜中究竟有一些什麼東西。

又過了十來分鐘，那老鎖匠好幾次擦去了手心的汗，終於，他手指巧妙地一彈，鎖孔中發出了「得」的一聲響，他一拉抽屜，已將抽屜拉開了一吋。

許信連忙按住了他的手，道：「行了，我們自己會打開它，沒有你的事了！」

那老鎖匠取回了他的工具，許信數了十元銀元給他，道：「你走吧！」

老鎖匠臉上的神色更疑惑，他既然有了十元銀洋，卻也不再說什麼，下樓去了，我們在窗中看到他走出了花園。

許信興奮地搓着手：「你猜，在那抽屜中有什麼東西？」

我連忙道：「別猜了，打開來看看吧！」

許信道：「我們一起打開它。」

我和許信一起拉住了抽屜的把手，用力一拉，將抽屜拉了開來。

在那一剎那間，我心中所想的是：滿抽屜的鈔票、珠寶和黃金，可是等到抽屜拉了開來之後，我和許信兩人都呆住了。

那抽屜是空的，什麼也沒有！

一個空的抽屜，鎖得如此之好！

那抽屜真是空的，只要其中有一小片紙屑的話，我們也可以看得到，可是它實在是空的。

許信在看到那抽屜是空的之後，第一個想法，和我一樣，他立時伸手進去，在抽屜的底部叩着，想弄明白那抽屜是不是有夾層。

然而，他立即失望了。

他抬起腳來，在那抽屜上重重地踢了一腳，罵道：「媽的，白花了十元銀洋！」

我也覺得很沮喪，因為在事前我們對這抽屜寄望太大，以為裏面是一個可以供我們吃喝不盡的寶藏。

我苦笑了一下，推上了那抽屜，「拍」地一聲響，然後，又鎖上了，自然不能再將之拉開來，但是我們卻並不在意，因為我們都曾看到過，那抽屜根本是空的。

我們的沮喪情緒，也很快就回復過來，因為屋子中還有很多地方，可以供我們「發掘」的。從那天起，我們將那抽屜完全忘了，我也不再想起在那抽屜中，曾有怪聲發出來一事。

直到三天之後，那天上午，許信出發去買食物，他的摩托車發出驚人的吵聲，然後漸漸遠去，我留在書房中，覺得無聊，順手從書架上拿下一本書來翻看。那是一本記述西印度群島中巫都教的書籍，其中講到土人中的巫師，可以用巫術使死人為他工作，每一個死人在巫術的操縱之下，可以被利用三年到五年之久。

我自小就對稀奇古怪的事感到興趣，是以愈看愈覺得有趣，這本書的作者還說，他曾經和十個以上被施法而恢復了工作能力的死人見過面，他們完全是死人，不需要進食，只要喝小量的水，他們能完全依照主人的命令而工作，而當地的法律是禁止巫師對任何死人施以巫術的，我一頁一頁地看下去，看得津津有味，當我翻動着書本之際，忽然有一小張紙掉了下來。

我俯身將那張紙張拾了起來，那張紙夾在書本中，可能已經很久了，紙質已有點變黃，我拾起了紙，隨便將它夾在書中，並沒有在意。

直到我看下去，再翻到了我夾住紙張的那一頁，我才向那張紙上看了一眼，那張紙上寫滿了潦草的字。

而我一看到那些字迹，就可以肯定那是許信的堂叔寫的，因為我看出那字迹和寫在書房門口的那一行警告字句，是完全一樣的。

這引起了我的興趣，我放下了書本，拿起了那張紙。紙上的字實在太潦草了，要辨認是相當困難的，而且我看了幾句，紙上密密麻麻的寫着那字句，好像是他在一種狂亂的情緒下和自己講話，前後都不連貫，完全莫名其妙。

我只看了幾行，許信便「砰」地一聲，撞門走了進來：「你可發現了什麼？」

我連忙道：「你快來看，我無意之中，發現了你堂叔寫的一張字條！」

許信急走了過來，我們一齊看着那張字條，許信一個字一個字地唸了出來，道：「我是在做夢麼？我知道我不是在做夢，那是實在的；然而，哪又怎可能是實在的？唉，我有問題了！」

許信唸到這裏，抬起了頭來，笑道：「我看，他有毛病，毛病還不輕！」

我指着那字條：「你再看下去。」

許信看着，一面看一面唸：「這已是第三次了，那究竟是什麼？那究竟是什麼！」

許信讀到這裏，抬起頭來，向我望了一眼，我們兩人都感到一股寒意，我連忙道：「再唸下去，我們或者可以知道事情的真相了。」

許信繼續唸道：「那天晚上，我實在忍不住了，這屋子已不能住人，我決定放棄它，那些黑影——」

許信又頓了一頓，當他再抬起頭望向我之際，他的臉色是煞白的，而他發出來的聲音，也幾乎和呻吟沒有分別。

他道：「那些黑影！」

我皺着眉：「黑影怎麼了？」

許信吸了一口氣，沒有再說什麼，但是我卻立即知道，在那剎那間他想到了什麼！

他想到了我們第一晚住在書房裏，他所看到的那個影子！

當時，那影子曾令得他驚叫起來，他還說，那影子曾俯身下來看我。

這件事，我和許信都幾乎忘記了，但是，許信的堂叔在那張紙上，也提及影子，卻又使我們一起想起了這件事來。

許信吸了一口氣，又唸道：「那些影子固執地要參與我的生活，我怎能和他們一起生活——」

許信又停了下來，我們互望着，許信搖着頭：「我看，不必再去辨認那些潦草的字了，這是什麼話，什麼叫着『影子固執地要參與我的生活』？我看他是神經病。」

我也不明白許信的堂叔寫下那樣的語句是什麼意思，但正因為我不明白，是以我要進一步弄清楚，他那樣寫究竟是想說明什麼。

我將那張紙向我移近了些，繼續看下去，又續道：「他們不肯離開我，只好我離開他們，幸而他們不夠狡猾，我可以將他們騙進那鋼櫃的第四個抽屜裏去，將他們鎖起來，然而，我不要這屋子了。」

接下來，在那紙上的字迹更潦草，大多數都是重複着「我不要這屋子了」這句話，然後，又是三個大字：「立即走。」

我唸完那張紙上的字：「許信，你的堂叔，說他曾鎖了一些什麼東西，在那抽屜之中！」

許信笑了起來：「我看你也快要神經病了，那抽屜是空的，你看過，我也看過。」

我猶豫道：「或許那是什麼奇怪的東西？」

許信笑道：「你將我的堂叔，當作是張天師麼？能夠將什麼妖魔鬼怪的靈魂，鎮在那抽屜中，照你的說法，我們打開抽屜時，應該有一股黑氣冒出來，化成三十六天罡，七十二地煞──」

許信講到這裏，便突然停了下來。

因為就在那一剎那間，我們都聽到了一下呻吟似的聲音！

我們聽到那一下響聲之後，便立時轉過頭去，那正是從那個抽屜中發出來的。

在那剎那間，我們兩個人只覺得有一股寒意，自頂至踵而生，我們好久說不出話來！

那抽屜的確是空的，在老鎖匠打開那抽屜時，我和許信都看過，我們可以肯定這一點。而抽屜又是立時被鎖上，鎖上之後再也沒有人打開過。

那也就是說，抽屜中仍然是空的，那似乎是絕沒有疑問的事。

然而，空的抽屜是不會發出聲音來的，這也是誰都知道的事。

在呆了好久之後，我才道：「許信，我已和你說過了，我曾在這抽屜中，聽過那樣的怪聲，那……已是我第三次聽到這種聲音了。」

「別胡說！」許信的臉色發青。

「什麼叫胡說！」我大聲道：「剛才那一下聲音，你難道沒有聽到？」

許信的臉色更難看，他道：「不行，再去找那老鎖匠，將那抽屜打開來看看，抽屜裏一定有着什麼，一定是有着什麼的。」

我點着頭，指着許信的堂叔留下的那一張紙：「看來你的堂叔並不是神經不正常，而是他真的見過了一些什麼奇怪的東西，而將那些東西關在那個抽屜之中。」

「可是，我們看到過那抽屜是空的！」

我皺起了眉，一句話也講不出來，許信道：「我去叫那老鎖匠來。」

我的體內又冒起了一股寒意，但是，我卻不好意思說我一個人在這裏害怕，要和他一起去，我只得硬着頭皮：「好，你快去快回。」

許信像是在逃避什麼似地向下衝了下去，我又聽到了摩托車的聲響。

第四部

一個影子擠出抽屜來

當摩托車的聲音漸漸遠去之際，我轉過身來，望着那抽屜，幾乎眨也不眨眼睛。

我的心中在暗暗希望，當我一個人在這屋子裏的時候，別讓我再聽到什麼古怪的聲音。但是，希望和事實，卻往往是相違背的。

在許信離去之後不久，那抽屜又響起了那種聲音，好像是有什麼東西用力在一個極窄的縫中擠動時所發出來的。

我的雙眼睜得老大，我抓了一個銅鎮紙在手，以防萬一。

接着，我就看到了一生之中最奇怪的事情，我看到一個黑影，慢慢地從抽屜縫中擠了出來。

那鋼櫃造得十分精緻，抽屜幾乎沒有縫，也只有一個影子，才能從縫中擠出來，因為影子是根本沒有體積的。但是，沒有物體，又何來影子呢？

然而，那的確是一個影子，慢慢地擠了出來。之後，我已經看清楚了，那是一個人頭的黑影。

這時，我心中唯一希望的是：那是我的頭影。

但是，我最後的希望破滅了！

那個黑影在擠出來之後，擰了擰頭，像是擠得很辛苦一樣，但是我的頭部根本沒有動過。

我的頭沒有動，如果那是我的頭影，又怎麼會動？

那像人頭的黑影，真是在左右搖動着，而且，我還感到這影子是在「看」着我。

那只是一個黑影，緊貼在那個鋼櫃上，就像是鋼櫃前站着一個人一樣。

如果這時在那個鋼櫃之前，真是有着一個人的話，那麼，事情就一點也不奇怪了。

在那片刻之間，我只覺得頭皮發麻，身子發僵，我張大了口，一點聲音也發不出來，過了好久，我才能勉強將頭低下了一些。

當我低下頭的時候，因為我的頸骨早已僵硬，是以我甚至聽到了「卡」地一聲響。

我低下頭去，是想看看我的影子，是不是存在，我看到了我自己的影子，很淡。那是我的影子，那麼，在鋼櫃上的，從那抽屜中「鑽」出來的，又是什麼東西的影子呢？

我只感到身上一陣陣發涼，而當我再抬起頭來時，那影子的肩頭也露出來了，我又立時想到了許信那天晚上所說的話。

他說，他曾看到一個黑影，在牆上俯身看着我。我當時很難想像影子俯身看人是什麼樣的情形，但是我現在知道了。

因為現在我的的確確感到，那影子一面在慢慢地從抽屜的縫中擠出來，一面在「看」着我，我當然無法在影子的臉上看到五官，但是我實實在在感到，它是在瞪着我看。

我在剎那之間，突然怪聲叫了起來。

我明白了，我明白許信的堂叔為什麼要在突然之間，放棄這棟房子了。

這是無法令人忍受的一種恐怖，這時，來自我心底的一股寒慄，令我的身子在劇烈地發抖，那真是無法忍受的，一次也無法忍受。而許信的堂叔，顯然是忍受了許多次之後，才達到精神崩潰的邊緣，將所有的人都帶離了那屋子，再也不回來的。

那樣來說，許信的堂叔已經算是很堅強的人了，至少比我堅強得多。

我那時突然尖叫了起來，是因為極度的恐懼，那種致命的恐懼，先使我一點聲音也發不出來，現在，又使我不斷地發出尖叫聲來，不能停止。

我在不斷地叫着，那影子不再自抽屜中擠出來，它只是側着頭，好像很有興趣地觀察着我。

我知道，許信的堂叔曾將影子鎖在抽屜中——我那時的思緒，已經進入了一種狂亂的狀態，我明知影子不是什麼可以摺疊的東西，影子根本不是東西，但是我還是假設許信的堂叔關住了影子。

但事實上，那影子卻根本可以自由地來去，它曾在我們第一晚睡在書房中時，出現過一次，然後迅速地消失。而且，它還會發出聲響來！

我不知道我自己叫了多久，那影子愈來愈向外伸展，已經伸到腰際了。

而且，我還看到，影子有兩隻手和手臂，那完全是一個人的影子！

我的心中不斷在想着，它要出來了！它要出來了！它出來之後，會對我怎麼樣呢？

我不由自主揮着手，突然之間，我看到我手中所握的銅鎮紙，我甚至連十分之一秒鐘也未曾考慮，便立即向前疾拋了出去！

我自己也難以想像，我的力道何以是如此之大，因為銅鎮紙砸在鋼櫃上時，發出的聲音十分響。

銅鎮紙是砸在那影子上的，可是影子根本不是物質，它甚至不是一張紙——即使是最薄的紙，所以，銅鎮紙是等於砸在鋼櫃上的。

那影子突然之間縮了回去，縮進了抽屜中。

而我仍然尖叫着，就在這時，許信「砰」地一聲撞開了門，衝了進來。

我仍然尖叫着，許信衝到了我的面前，按住了我的肩頭，用力地搖着我，搖了足足有十下，才令我停止尖叫。

許信的臉色變得極難看，他喘着氣：「什麼事，發生了什麼事？我幾乎在一哩之外，就已經聽到你的尖叫聲了。」

我連忙握住他的手，他又嚇了一跳：「衛斯理，你的手凍得像冰一樣！」

我斷斷續續地道：「許信，我怎麼了？我……可是還活着，是活着麼？」

許信聽了我的話之後，一定也有毛髮直豎的感覺，因為他的神色更難看。

他嚥下一口口水，才道：「我想你還活着，但是你的臉色卻比死人還難看。」

我抬起頭來，陡地看到門口站着一個人，我又嚇得砰地跳了一下，但是我卻立即認出來，站在門口的不是別人，正是老鎖匠。

那老鎖匠以一種望着神經病人的眼光望着我，在門口猶豫着，不敢走進來，彷彿他如果一走進來的話，我就會將他扼死一樣。

許信仍然在不斷地問我，發生了什麼事，但是我卻並沒有回答，我漸漸回復了鎮定：「沒有什麼，我太疲倦了。」

我一面那樣説着，一面向許信眨着眼，表示我有話，但是要等一會再説。

許信究竟是我的老朋友，他立即明白了我的意思，也不再問下去。

我之所以不肯説出來的原因，是因為我怕我説出來後，那老鎖匠一定拔腿就逃，那麼我打不開那抽屜，就永遠也不能發現抽屜裏的秘密了。

這時候，我已經從極度的驚恐之中，漸漸地定過神來了。

我定過神來之後，第一件所想到的事，並不是逃走，而是要弄明白那究竟是怎麼一回事！

許信又在我的肩頭上拍了拍：「現在，你的臉上，總算有了一絲生氣。」

我撫摸着自己的臉頰，我的手還是冰涼的，但是我的臉頰，卻熱得發燙。

那老鎖匠在門口，指着我：「這位先生，他沒有什麼不適吧。」

許信當然也知道，一定有什麼大不對頭的事情曾發生過，是以他的笑容也顯得十分勉強，他道：「當然沒有什麼，請你快開鎖吧。」

那老鎖匠遲遲疑疑走了進來，一面還不斷地望着我。他道：「許先生，以後有這種事，你找第二個人吧，可別再麻煩我！」

許信不耐煩道：「你下次不來就不來好了，現在我又不是不給錢，你替我將抽屜打開來，我給你一塊銀洋，還有比這更好賺的錢麼？」

那老鎖匠仍然在嘀咕着，但是他還是向那抽屜走了過去，大約是由於上次的經驗，這一次，他很快就將鎖弄開了。

和上次一樣，他剛將抽屜拉開了一點點，我已叫了起來，道：「行了！」那老鎖匠仍然對我十分害怕，這是由於他剛才曾聽到我發出那種驚人的呼叫聲之故，是以我一叫，他立時向後退開。

許信用奇怪的眼光向我看了一眼。我已經揮着手，抛了一塊銀洋給鎖匠：「走！走！快走！」

銀洋「噹」地跌在地上，老鎖匠立時將銀洋拾了起來，匆匆走出去。他走到門口才回過頭來，看他的樣子像是想說些什麼。

但是，他並沒有說什麼，只是嘴唇動了動，就立時奔下樓去了。

老鎖匠一走，許信就要去抽那抽屜，我大叫道：「許信，別動！」

許信被我的一聲大喝，嚇得立時縮回了手，他有點惱怒：「你怎麼了？真好像發了神經一樣，究竟是怎麼一回事？」

我並不怪許信，因為我自己也知道，我實在是太過緊張了。

但是，我也知道，如果我將我見到的事說了出來，只怕許信也未必有膽子，拉開那抽屜來。

我勉強定了定神，道：「剛才，只剩下我一個人的時候，我看到一個像人一樣的黑影，從那抽屜的縫中擠出來。」

許信的手，本來又已經要將那抽屜拉開來，可是，他聽了我的話後，卻立即縮回了手：「你……你說什麼？」

我道：「是一個人的影子，你曾看過的，你記得麼？你還曾經說，那影子在俯視着我，你的堂叔也曾看過，他就是因此而放棄了這屋子。」

許信深深地吸了一口氣，臉色也變得蒼白，並向後退。

我繼續道：「現在，我也看到了，我看到它擠出來，也看到它縮回去，它就在那抽屜中！」

許信的聲音，有點發顫，他道：「別……別嚇我！」

我苦笑着：「你以為我如果不是受了極度的驚恐，會發出那樣的怪叫聲來？」這句話是最具說服力的，說明我不是和他開玩笑，我講的全是真話！

許信望着那抽屜，它已被老鎖匠拉開了小半寸。有着一道縫。

許信呆了半晌，才道：「如果抽屜根本未曾打開，它也能擠出來……」

他停了一停，苦笑着：「那是不可能的，這抽屜根本沒有縫。」

我提醒他：「可是，你別忘記了那是一個影子，影子只是一個平面，平面是沒有厚薄的。」

許信苦笑着：「那樣說來，我們也不必怕什麼，它要出來的話，打開抽屜便可以出來，不打開它也是一樣可以出來。」

我點了點頭，老實說，我這時的感覺，並不是害怕。因為許信的堂叔在離開這屋子之後，又活了那麼多年，而我們在這裏也住了許多天，也沒有什麼損傷，我剛才將銅鎮紙抛了過去，影子立時消失，由此可知，那影子並不能危害我們，所以，我們也根本不需要害怕。

而這時，充滿在我心中的，是一股極度詭異的莫名之感！

這種感覺，令我無法控制我自己的身子在發抖，也使我感到陣陣寒意。

我道：「你說得對，而且我們也不必怕什麼，讓我們一起將抽屜打開，去看個究竟。」

許信點着頭，我們雖然已決定將抽屜打開，但是我們還是猶豫了好一會，才一起走上前，握住了那抽屜的把手。

然後，我們一起用力，將抽屜拉了開來。

我們在事先並未曾商量過，但是這時，我們的行動卻是一致的。我們將抽屜拉了開來，便一起急急向後退，一直退到了書桌之前才站定。

然後，我們一起定眼向那抽屜看去。

和上次並沒有什麼不同，抽屜是空的。

我們又一起不約而同地轉過頭來互望着，我大着膽子慢慢向前走去，許信跟在我的身邊，我們一起來到了抽屜前面，再仔細向抽屜裏看去。

那實在是不必細看的，任何人只要看一眼，就可以知道了抽屜裏沒有東西。

然而，最奇怪的事，就在那時發生了。

我們都聽到一下十分輕微的聲音，在抽屜的上面掉下了一個黑影，落在抽屜的底部。

那是一個如同手掌大小的圓形黑影。黑影投在其他的物體上，竟會有聲響發出來，那實在是不可思議、怪誕莫名的事。

黑影是一個平面，平面在幾何學上來說，只不過是一個平面，一個單一的平面，絕不能成為一個物體，平面只有面積而不佔據空間，平面是沒有重量的，但是，那個圓影突然出現時，卻有一下輕微的聲響，像是它不是影子，而是一塊極薄的圓鐵片。

但是，那的確是一個影子。

我的心中升起了一股寒意，那是我們無法理解的事，是在三度空間之外的另一空間，是地球上人類的思想無法到達的角落！

許信的膽子可真不小，他當然想到了和我想到的同一疑問，是以，他竟伸出手指去撫摸那黑影，我知道他的用意，他很想確定，那究竟是一個極薄的物體，還是一個影子。

他的手指，在那圓形的黑影上，撫摸了一下立時縮了回來。

而在他的臉上，也立時露出了十分古怪的神色來，他盯住了那黑影，一聲不出。

我也連忙伸出手指去摸了一下，我摸到的，完全是抽屜的底部，可知那絕不是什麼物體，而只是一個影子，那實際是不存在的東西，只不過可以看得到，是一個遮蔽了光線之後出現的陰影而已。

然而，它在落下來之際，卻有聲響。

當我也縮回手之際，許信尖聲叫了起來：「你看，它在動！」

我當然也看到了，它在動。

它像是顯微鏡下的阿米巴一樣在動着，在迅速轉變着形狀，大約在半分鐘之後，它變成了一個人影，然後，向抽屜的一邊移去。

當它移到了抽屜的一邊時，它看來像是「站」了起來，那時，它還不過六七吋高。

然而，它卻在迅速地擴大，轉眼之間，已出了抽屜，到了鋼櫃上，而且繼續在向旁邊移動。

等到它移至那幅牆上時，就等於在我們的面前站着一個影子那樣，而那影子和我們普通人的大小完全一樣。

我和許信全身僵硬，除了張大了眼睛，望着那影子之外，什麼也不能做。

我們望着那影子，那影子也像是在「望」着我們，我們不知道究竟在影子和我們之間，僵持了多久，許信先開口，他的聲音像是在呻吟，他道：「天，……這究竟是什麼？」

我的聲音也不會好聽多少：「那是一個影子！」

許信的眼睜得老大：「當然是一個影子，可是這……這影子，產生這影子的物體在什麼地方？」

我嚥下了一口口水：「是不是，有一個隱形人在房間裏？」

許信竟立時將我的話接了下去：「朋友，請你……出聲。」

當然，並沒有人回答我，因為連我自己也知道我的假定是不成立的，如果真有隱形人的話，那麼，光線就可以透過他的身體，我們才看不到他，而光線既然能透過，又何來影子？

我搖着頭，我和許信的情緒都處於一種混亂的狀態中。而就在這時，那黑影卻有了動作，我們都看得十分清楚，那黑影在搖着手，同時，又向我們做了一個手勢，但我們卻看不懂那手勢是什麼意思。

影子繼續搖着手，像是在叫我們不要做一件事，我在呆望了半晌之後，道：「許信，它好像是在叫我們，不要害怕！」

我顯然是說對了，因為影子立時不再搖手。

許信也立即住了口，不再叫，他的雙眼睜得老大，盯住了牆上的那黑影，那黑影不再動，許信緩緩的吸了一口氣，突然向前一指：「你，你是什麼？」

我連忙道：「它是一個影子，怎麼會回答你？」

許信的聲音，幾乎像一個人臨死之前的呻吟聲一樣：「它是一個影子，它怎麼會動？」

我的思想也混亂之極，我竟和許信爭論了起來，道：「影子當然會動的，影子會動有什麼出奇？我們不是經常看到影子在移動麼？」

許信突然又大聲怪叫了起來，他舉起了一張椅子，向那影子拋了過去。

那張椅子還未曾拋到牆上，影子已然向旁移開，「砰」地一聲，椅子砸在牆上，掉了下來，並沒有砸中那影子。

而那影子又迅速地向上移了，我們的視線跟着影子移動，那影子一直移到了天花板上才停止，我們也就一起抬起了頭。

就在這時候，另一個奇怪的現象發生了，那影子在到了天花板之後，竟然掉了下來。

影子離開了它附着的物體而掉了下來，那是不可想像的事情，然而這時，卻又千真萬確地發生在我們的眼前，那影子飄了下來，像是一片奇大無比的紙一樣。

我在那時也不知道是哪裏來的這麼大的膽子，竟伸手去抓了一把。

但是，我卻什麼也沒有抓到，我所碰到的只是空氣。然而，在我伸手去抓之際，那影子卻散開，但是它又迅速地合而為一，落到地上，又在地上移動着，轉眼之間，它又變得「站」在牆上了。

看到了這等情形，我和許信兩人不由自主發出了一下呻吟聲來。

我和他兩人都無法忍受下去，如果我們再面對着那個影子，那麼唯一的結果，就是我們會發瘋！我們幾乎是在同一個時間，向門口衝出去，直衝到門口，我們的去勢太急了，因此互相撞了一下。

許信給我撞得向外跌了出去，但是我立時扶住了他，我們兩人飛也似地奔下樓梯，掠過了大廳，跳下了石階，許信的摩托車就在門口，他坐上了摩托車，我坐在他的後面。

他立時發動了車子，車子發出驚人的聲響，向前疾衝出去，許信用極高的速度駕駛着，但是我卻覺得他開得太慢。

我們衝過了花園，車子像是飛一樣在路上疾馳着，直到駛進了一條比較熱鬧一些的馬路，許信才將車子的速度減低。

我要鼓起很大的勇氣，才能向後看一看，那影子是不是跟着我。

等到我看到身後並沒有什麼影子之際，我才鬆了一口氣，但當我轉回頭來時，卻又一眼看到地上有兩個影子，我幾乎又尖叫了起來。

如果不是我立即看出那兩個影子，正是我和許信的話，我一定已叫出來了。

我喘着氣：「行了，沒有事了。」

許信停下了車，我跨下車，他將車子推往牆邊，喘着氣問我：「那影子究竟是什麼？」

我苦笑着，搖了搖頭：「我怎麼知道，現在，問題是你還要不要那屋子。」

許信幾乎毫不考慮：「當然不要了！」

我已經鎮定了許多，雖然，我在那樣問許信之際，也決定我不要我那一半了。我道：「可是，我們走得匆忙，有很多東西留在那屋裏。」

許信的聲音有點發顫：「你——你的意思是，我們回去取？」

我道：「當然，那是不少的錢啊！難道你也不要，而且，那影子似乎不會傷害我們。」

許信猶豫了許久，那屋子對他來說，已不再具有任何吸引力了，但是那些錢，卻總是有用的。他又道：「就我們兩個人回去取？」

我道：「你怎麼啦，當然是我們兩個人！」

許信苦笑着：「你的膽子比我大得多，我實在不敢再回去了，所以，還是你一個人去吧！」

我呆了一呆，我一個人再回到那屋子去，這的確是我沒想到的事，但是我還未曾說出話來，許信已經道：「衛斯理，我們是老朋友，我擁有那棟屋子，就分了一半給你，你總不成替我做一點小事，還要推三搪四！」

我連忙糾正他的話：「你知道那不是小事，而是大事！」

許信連忙改了口：「當然，當然，但就算再大的事，我們也有這個交情的，是不是？」

我知道，如果我拒絕一個人回去那屋子的話，許信是再也不敢回去的了，那麼，我們等於放棄那筆錢了。許信又道：「你有一半的啊！」

我嘆了一聲，向街角的一間咖啡室指了一指：「好，將車子給我，你在這裏等我！」

許信如釋重負，連忙道：「是！是！」

我跨上了車子，又呆了一會，才發動了車子，「拍拍」發出的聲響，又向那屋子駛去。

我們剛才離開那屋子的時候，是如此充滿了恐懼，但前後只不過相隔十多分鐘，我卻一個人再回到那屋子去，我心中的感覺真是難以形容。

當我逐漸駛近屋子之際，我好幾次想改變主意，有一次，我甚至已經掉轉了車頭，但是，我還是駛回去，繼續向前駛着。

直至我來到了大門口，我的思想鬥爭也到達了最高峰。

我在大門口足足停了十分鐘之久，才走進了大門。在石階前，我的身子在發着抖，又停了好幾分鐘才提步。

就在我提步的時候，突然，我聽得一陣腳步聲，從大廳中傳出來。

我整個人都僵住了！

那是腳步聲，清清楚楚的腳步聲，正在向外傳來，毫無疑問，那是有人在向外走來了！

我心中不住地在問自己：我該怎麼辦？但是我的雙腳，像是釘在地上一樣，幾乎一動也不能動。

腳步聲終於臨近，一個人突然出現在我的眼前，我陡地後退一步。

當我退向後時，由於我的心中實在太驚惶，是以我幾乎跌倒。

那從大廳中走出來的人，也陡地一呆。

第五部

古廟出靈

這時，我已清楚看見他是一個五十上下的人，看來不像是什麼壞人，我的聲音有些異樣，但是我還是厲聲喝道：「你是誰？」

那中年人的神情也十分尷尬，他露出十分抱歉的微笑：「對不起，真對不起，我看到門沒有上鎖，是以自己走進來了！」

這時候，我已完全可以肯定，站在我面前的中年人和我並無不同，是一個普通人，我又喝道：「你走進來想幹什麼？」

那中年人道：「很多年來，我一直想會見這屋子的主人，但是卻一直未曾達到目的，現在——」

我打斷了他的話頭：「我就是這棟屋子的主人。」

那人「噢」地一聲：「那真是太好了！這棟屋子究竟發生了什麼事？」

我聽得他那樣問，心中不禁一動，道：「什麼意思？」

那人道：「我是一個考古專家。」

他一面說，一面摸出了一張名片出來給我，我一看，上面印着「XX大學歷史系主任」的頭銜。而這所大學正是我中學畢業之後，打算去投考的。

是以，我的態度立時改變了，我看了看他的名字，他叫毛雪屏。

我連忙道：「原來是毛教授，因為屋裏沒有人，我剛趕回來便看到了你，還以為你另有所圖，是以才出聲喝問，請你原諒。」

毛教授看到我的態度作出大轉變，他也好像鬆了一口氣：「本來是我不好，我見到沒有人，不應該自己走進來。」

我道：「請進去坐，你到過二樓了？」

「沒有，我才走到樓梯口，就聽到了車聲，我知道有人來了，真是不好意思。」

我笑着：「不算什麼，請進去。」

我們一起走進了大廳，大廳中總算有幾張簡陋的椅子，他坐下來之後，問道：「據我所知，這屋子本來是屬於一個實業家，姓許的，是不是？」

我點頭道：「是的，但現在屬於我。」

毛教授也沒有問何以這屋子現在會屬於我，他只是道：「我這次已是第四次來了，前兩次來這裏時，屋子都荒廢着，我也沒有進來，現在，這屋子好像已經不同了。」

我道：「我花了很多工夫整理。」

毛教授又道：「聽説，那位姓許的實業家，是突如其來放棄這棟屋子的？」

我聽出他的話中，像是想試探着什麼，我想了一想：「教授，這屋子有點古怪，若是你知道什麼的話，你不妨先説説！」

毛教授露出十分興奮的神色：「什麼古怪，你先告訴我。」

我想了一下，就把那自抽屜中出來的影子一事説出來，我還未曾作任何進一步的解釋，毛教授卻已經叫了起來：「古廟的幽靈，那是古廟的幽靈！」

我不禁機伶伶地打了一個寒戰，那影子是一個幽靈？我不由自主，抬頭向上看了一眼。毛教授的聲音，聽來十分神秘，他道：「那影子在上面？」

「是，剛才我就是被它嚇走的，現在，我回來取一點東西，而且，我再也不要這屋子了。」

「你不必放棄這屋子，它並不害人。」

我呆了一呆，道：「你——你也見過那個影子？」

「見過一次。」

「在哪裏？」我急忙問。

「在泰國的一棟古廟，是一個老和尚給我看的，那老和尚有很多古怪的東西，也懂得各種各樣的『降頭術』，你聽説過『降頭術』麼？」

我苦笑了起來，略帶譏諷地道：「教授，剛才你說，你是一個考古學家！」

毛教授對我的譏諷，似乎毫不在乎，他解釋道：「是的，我是一個考古學家，但是因為古時傳下來的東西中，有許多是我們現代人所不能了解的，是以我也集中力量研究那些事，譬如說降頭術——」

我打斷了他的話頭，因為我對於這個題目並不感到特別的興趣，我連忙道：「教授，請你先說說那個……古廟的幽靈。」

毛教授被我打斷了話題，他好像有點不愉快，但是那種不愉快的神情，隨即消失，他道：「年輕人，別心急，事情總得從頭說起。」

我苦笑了一下，因為他叫我不要心急，而我卻正是一個心急的人。

我只好點了點頭，因為他要從頭說起，如果我一再打斷他的話頭，只怕他要說不下去了！

他又道：「我在那古廟中住了很久，那老和尚給我看了很多古古怪怪的東西，但是最奇怪的，就是那『古廟的幽靈』。這個名稱是那老和尚自己取的，因為沒有人知道那是什麼！」

毛教授講到這裏，略頓了一頓：「那些古古怪怪的東西，是老和尚的弟子和信徒從各地帶來給他的，那『古廟的幽靈』住在一個圓形的石球之中，是泰國北部叢林之中的一個村落的農民發現，傳到那老和尚手中的。」

我有點忍不住了：「你看到的時候，情形是怎樣的？」

毛教授道：「當時，老和尚問我，要不要看看『古廟的幽靈』，我也不知道那是什麼，老和尚就鄭重地拿出了一個圓形球來，那圓球齊中分成兩半，合在一起時，幾乎看不出它是可以分開的，當他分開那圓球時，一個黑影便從圓球中出來，漸漸變大，直到它完全像是一個人的黑影為止。」

我苦笑了一下：「正是那樣！」

毛教授又道：「那是我一生之中，見過的怪事之中，最怪的一樁了！」

我連忙道：「當然，再也不會有比這更玄的事了，那個黑影在牆上的時候，像是在看着我！」毛教授也不由自主，苦笑了起來：「當時，我也有這種感覺。」

我問道：「教授，那究竟是什麼？」

「我當時也用這個問題，問那老和尚，老和尚的回答很古怪，他說，那是一個幽靈，是他的朋友，他甚至可以用手勢和那影子交談！」

我立即想起，當那影子在牆上出現的時候，他曾經向我搖過手，像是叫我不要害怕。

毛教授又道：「老和尚說那影子來到我們的世界已很久了，它自遙遠的地方來，很樂意住在我們的世界上，老和尚甚至可以用手勢，令它回到石球裏去，我曾仔細審視過那石球，也看不出什麼特異之處。」

我的心中感到了一陣異樣的迷惑，這一切全只是應該在神話中出現的事，但是卻在我的現實生活中發生了，這實在是一種難以形容的感覺。

我呆了片刻，才問道：「那麼，這影子為何會來到這裏呢？」

毛教授道：「當時，我因為還有別的事，所以不能在那廟中住得太久，我離開了那古廟，半年之後，我再回去時，那老和尚已圓寂了。」

我不禁「啊」一聲。

在那剎那間，我悲悼的當然不是那老和尚的死，而是那老和尚可能是世上唯一能和那影子交談的人了。老和尚死了，那影子究竟是什麼東西，自然更沒有人了解。

毛教授也嘆了一聲，他道：「我聽得老和尚已死，便自然而然地關心起廟中那些古怪的東西，而我最關心的是那個『古廟的幽靈』，但是廟中的新住持卻告訴我，那些東西全被人認為是可以鎮邪的寶物，而給人買走了。」

我連忙道：「這所屋子的主人，就買到了那石球？」

「是的，他買了那石球的事，很容易查出來的，因為廟中的捐款簿上有着紀錄，我也立時查出，他是這裏的一個實業家，可是我卻沒有機會到這裏來，等到我能來的時候，已過了一年，我看到了一棟廢屋，並未能見到許先生本人。」

我又抬頭向上望了望：「許先生本來是住在這裏的，但是他被那影子嚇走了。」

毛教授望着我：「可是你不怕？」

我苦笑道：「怎麼不怕？起先我們不知道在這屋子中有那樣的一個『住

客』，現在，我也決定放棄這棟屋子了，那影子——」

我說到這裏，實在不知道該如何說下去才好，因為一提起那影子，我的心中便產生一股極度的寒意，使我不由自主地要打寒戰。

毛教授托着頭，想了片刻：「你沒有見到那圓形的石球？」

我搖了搖頭：「沒有。」

他像是不怎麼相信我的話，猶豫地問道：「你是說，那影子真的在樓上？」

我又抬頭向上望了一眼，當我望向樓梯口的時候，我的身子突然像觸電一樣震動起來，我發出了一下呻吟聲：「它……下來了！」

毛教授突然站了起來。

是的，那影子下來了！

那影子出現在樓梯口的牆上，它似乎在猶豫，是不是應該下來。

我和毛教授都雙眼發定，望着那影子。

它真的下來了，它不是從樓梯上走下來的，因為它只是一個影子，是貼着樓梯的牆慢慢滑下來的。

那影子來勢很慢，足足有兩分鐘之久，它才到了樓梯腳下，離我們大約只有十多呎。

毛教授失聲道：「就是它！」

我盡量將身子靠近毛教授，因為我感到害怕，道：「它在這裏已經有十年以上了，它……究竟是什麼，是生物麼？」

毛教授搖着頭，從毛教授的神情可以看得出來，他搖頭並不是為了別的，不是為了否定我的話，而是因為他的心中也感到一片迷惑。

那影子停在樓梯口不動，我和毛教授也呆立着不動，過了好久，那影子突然招了招手。

我猜想它是在向毛教授招手，因為它和毛教授是在那古廟中見過面。

然後，那影子又漸漸向上移去。

直到那影子上了樓，我和毛教授兩人才吁了一口氣。在毛教授的臉上，突然露出了一種十分興奮的神色來：「如果你決定放棄這棟屋子，那麼，你可否以較低的價錢賣給我？」

我還沒有回答，這時，許信的聲音突然從大廳的門口響起：「只要說一個價錢，我們就賣。」

許信的聲音突如其來，我和毛教授都嚇了一大跳，剛才，當那影子從樓上移下來的時候，我們的神情實在太緊張，是以根本未曾發現許信是什麼時候來的。從許信那種蒼白的神色來看，他應該到了好些時候，至少，他曾看到那影子。

毛教授道：「一言為定！」

我和許信齊聲道：「當然一言為定。」

毛教授又道：「我買了這屋子之後，你們不能再來，而且，要憑你們的信用，遵守一個條件，那就是絕不能對任何人提起有關這影子的事。」

我和許信互望了一眼，點着頭：「可以。」

毛教授立時自他的衣袋中，拿出了支票簿：「我的積蓄並不多，我可以給你們五分之四，這數字你們滿意麼？」

他簽好了支票，遞向我們，那樣問着。

老實說，我和許信根本就不想要那屋子，就算白送給他，我們也是願意的，何況現在還有錢可收，我們都道：「滿意，滿意！」

我們接過了支票，支票上的數字也十分龐大，對這間屋子，我們再沒有留戀，立時向外走去。

當我們走到大廳門口時，我回頭看了一看，看到毛教授正在以一種十分莊嚴緩慢的步伐，走向樓梯，看他的神情，像是在走向祭壇一樣。

雖然，這項交易完全是毛教授自己提出來的，但是我仍然有他上了當的感覺，我於是叫道：「教授，屋子裏還有不少食物，如果你需要幫助——」

可是，我的話還沒有講完，毛教授已叫了起來：「走！走！這屋子是我的了，別來打擾我！」

我好心對他說屋裏有食物，卻碰了一鼻子灰，心中自然很氣惱，對他的那一點同情也化為烏有，繼續和許信一起走出去。

直至我們跨上了摩托車，衝出了花園，許信才道：「你是怎麼碰到那老頭子的？我等了好久，你還不來，生怕你有意外，是以才趕來看你的。」

我將我見到毛教授連同和毛教授所講的話，轉述了一遍，那時，我們已經遠離那屋子了。

在我講完之後，許信好一會不出聲，但是，他突然之間，停下了車子：「你說，那影子會不會是一件寶物？」

「寶物？」我驚訝地反問。

「是啊，誰見到它，就是它的主人，可以命令它去做任何事情！」

我連忙道：「別胡思亂想了。」

「那麼，」許信瞪着眼：「那老頭子為什麼要買下那屋子？」

我也不知道毛教授為什麼要買下那屋子，是以我只好道：「或者，他要和那影子長期相處，以便研究那影子究竟是什麼。」

許信嘆了一聲：「我們太膽小了，不然，我們可能會要什麼，就有什麼！」

我只覺得好笑：「是啊，那是阿拉丁神燈，你告訴它，你要一座宮殿，在空地上立即會有一座宮殿，那影子會聽你的使喚！」

許信知道我是在諷刺他，他很不高興地搖着頭：「行了，別再說下去了，朋友，我們到銀行存支票去，然後把錢攤分一人一半，再也別提這件事。」

我道：「不要了，這些錢應該全是你的，我們雖然是好朋友，但是我也沒有必要分你的錢。」

許信道：「那是什麼話，我曾經說過，要將那屋子的一半分給你的。」

我道：「屋子是屋子，錢是錢，現在我不要了。」

我們兩人又爭論了很久，許信看出我的態度很堅決，他也就不再堅持，我們當晚就分手了。

當時，我絕對沒有想到這一晚分手之後，我竟再也沒有見到許信，直到如今。

我一直以為許信突然不知所終，實在很是可疑，但是卻又沒有什麼迹象，表示他遭遇了意外。我是在第二天下午，才到他的家去找他，他的母親說，他一早就到銀行取了錢，立即將所有的錢，換成了銀洋和港幣，搭火車到香港去玩了。

他的母親那樣說，我只好相信，但是我心中疑惑的是，為什麼許信在離開之前，竟不來找我談談呢？我們畢竟是好朋友啊。

難道是昨天的爭論，使他認為我們之間的友誼已不存在了？

我想了很久，一面慢慢地在街上踱着，但是卻想不出答案，當時我的心中，實在很氣憤。

後來，由於局勢的急驟變化，很多人都到香港去，我也到過香港，並且住了一個時期。

在那個時期中，我想念許信這個好朋友，我曾盡一切可能，打聽他的消息，我所得到的消息只是他的確到過香港，曾住在半島酒店的華貴套房，舉止豪闊，不久，他就去了泰國。

我也曾託在泰國的幾個朋友打聽過他的下落，但是卻沒有結果。

那全是以後的事情了，在這裏先説一下，因為這些事對於以後事情的發展，都有一定的關係。

當時，我又回到了學校，年輕人總是較難守秘密的，我將那影子的事，告訴了同學，那些同學都笑我，因為沒有許信做我的證人，我也無可奈何。

那學期開學之後不久，局勢變亂，學校便停了課，我曾經到過很多地方，最後才定居下來。

第六部

影子的老家

在這些年中，我幾乎將那件事淡忘了，雖然它是我遇到過的事情中，最不可思議的一件，而且，幾乎是不能解釋的。

因為我找不出任何理由，也難以作出最荒唐的假定，來弄明白那影子究竟是什麼東西。所以，早在一年之前，我想將「影子」這件事寫出來，卻又沒有寫，就是因為這是一件有頭無尾的事情之故。不是一個完整的故事，寫了出來，怕不給讀者罵死？

但是現在，情形卻又有了不同的發展。

就在不久之前，大約是「影子」開始在報紙連載之後的第二天，來了一個不速之客。

那不速之客的年紀很老了，衣衫也很襤褸，看來實在是一個窮途潦倒的老人，而且，我實在認不出他究竟是什麼人來。

所以，當他顯得十分拘泥地站在客廳中的時候，我不得不問他：「老先生，你貴姓？」

他的聲音有點發顫：「你……你不認得我了？」

我搖着頭：「或許以前我們見過幾次，但是我實在記不起來了。」

當他開口之後，我在竭力搜索着我的記憶，那樣的口音，那樣的神態，我曾在什麼地方看過？我是不是曾見過這個老人？

可是我卻實在想不起來了。

而事實上，也根本不必我多想，那老人已經道：「你還記得麼？我是鎖匠，很多年之前，我在一棟大屋之中，替你開過兩次鎖，有一次，我去的時候，你還在尖叫着，嚇得我以為你是神經病人！」

一聽到他那樣說，我完全想起來了，他就是那個老鎖匠！他當時已經夠老的了，現在當然更老，我對他的確一點印象也沒有了。

我連忙道：「請坐，請坐，原來你也離開了家鄉！」

老鎖匠坐了下來，嘆了一口氣：「沒有法子啊，先生，在家鄉過不下去，不能不跑出來，可是跑了出來，唉，老了，也不是辦法！」

我連忙道：「你不是有很好的手藝麼？」

他又嘆息道：「你看我的手，現在也不靈活了，而且，現在的鎖和以前的鎖也不同了，以前，我什麼鎖都打得開，現在，唉！」

我不禁覺得好奇，道：「你是怎麼找到我的？你可是看到我在報上，提起了以前的事，所以來找我的？」

老鎖匠眨着眼睛：「報上？什麼事？我不識字，從來不看報紙。」

「那你是怎麼來找我的。」

「我的一個同鄉，他認識你，他說，你最肯幫人家的忙，我活不下去了，沒有辦法，所以才厚着臉皮來找你的，我一看到你就認出了，真巧。」

我不禁啞然失笑，事情的確是巧了一些，我還以為他是看到報上我在記載以前的事，他才來找我的，我取出一些錢，交給了他：「你先拿去用，不夠再來找我，我替你找一份工作。」

他千謝萬謝，接過了錢，就起身告辭。

我送他到了門口，他忽然轉過身來，問道：「衛先生，那間大屋子，就是我去替你們開鎖的那間，屋子裏是不是有鬼？」

我呆了一呆：「你為什麼會那樣說？」

老鎖匠遲疑了一下：「後來，我又去過一次。」

我不禁大感興趣：「你再到那屋子去了一次？去作什麼？」

「還不是去裝鎖？可是，我總感到那屋子很奇怪，好像是……有鬼。」

我拉住了他：「進來坐坐，你將詳細的經過告訴我，我們將那屋子賣給了一個姓毛的人，可是那位毛先生叫你去的？」

「不錯，他是姓毛！」老鎖匠的面上露出駭然之色，但是轉眼之間，他卻又笑了起來，自言自語地說：「就算有鬼，現在也找不到我了！」

我的心中十分焦急：「你究竟看到了什麼？」

老鎖匠壓低了聲音：「你不知道麼？那姓毛的，可能就是鬼，他……一個人……有兩個影子！」

我深深地吸了一口氣。我立時明白，所謂「一個人有兩個影子」，是怎麼一回事了。

一個人，當然只有一個影子，但是那老鎖匠當然是看到了兩個影子。

要不是他看到兩個影子，他也不會懷疑那屋子是有鬼的了，而他看到的那另一個影子，顯然就是那神秘莫測的「古廟的幽靈」。我當然沒必要去向他解釋那一切，我只是道：「那或許是你眼花看錯了，或者，那時屋裏有兩盞方向不同的燈，那自然有兩個影子了。」

老鎖匠搖了搖頭，好像是在否定我的話，又好像是為了當時他的確是眼花了。

我又問道：「那位毛先生，他找你去弄什麼鎖？」

「一個箱子。」老鎖匠回答：「一個很奇怪的木箱，鎖壞了，他找我去修，那是一種很古怪的鎖，也找不到什麼人會修理的了。」

「那木箱中是什麼？」

老鎖匠搔着頭，道：「說起來就更奇怪了，那箱子中是一個圓形的石球，我曾伸手去碰那石球，可是毛先生卻怪叫了起來，好像……好像他的一個影子，曾向我撲了過來，我當時也嚇昏了。」

我勉強笑着：「你當時一定是太緊張了！」

我口中雖然那樣說，但是，我心中所想的，卻完全不是那樣一回事，我心中知道，老鎖匠並不是太緊張，也不是眼花。

當他順手去摸那石球的時候，那影子可能真的曾向他撲過去！

因為，依毛教授的說法，他第一次看到那「古廟的幽靈」之際，廟中的老和尚，是揭開了一個圓形的石球，那影子才從石球中出來的。

從那一點來推斷，那個石球可能就是那影子的「老家」，或許那影子不喜歡有人碰它的老家，是以當老鎖匠去碰那石球時，它才會有異樣的動作。

我也可以知道，毛教授一定不知道在那屋子的什麼角落找到了那個石球！

老鎖匠望着：「後來，我匆匆修好了鎖就走了，沒有幾天，那屋子就起火。」

「哦？」這一點，更令我感到興趣。

因為在我離開之後，我還未曾聽到過有關那屋子的任何消息，直到現在，我才知道那屋子起火了。

我當然記得那是一棟木頭為主的建築物，這樣的建築物生起火來，幾乎無法營救。

我連忙道：「屋子起了火，自然燒毀了！」

「當然，什麼也沒有剩下，燒光了，那個毛先生好像也燒死了。」老鎖匠說。

「好像？」我問。

「救火隊找不到屍體，而且也沒有人再看見那位毛先生，他大概已被燒成了灰！」老鎖匠一本正經地說着。

我挺了挺身子，心中不由自主地想，如果毛教授是葬身在火窟之中，那麼，那影子呢？是不是也被大火燒成灰了？

我一直將那影子當作是一件生物，甚至將它當作是一個人。

如果要解釋，那實在是沒有法子解釋的，因為影子根本不是什麼東西，影子只是影子！

如果有人像我一樣，見過那影子許多次的話，一定也會自然而然地將那影子當作生物，當作是一個以奇異的形態而存在的生物。

我又想：「這一場大火，是如何引起的？是毛教授不小心引起的，還是他故意放的火，甚至是那影子放的火？」這實在是一連串難以解答的謎！

我又問道：「自那場火之後，這屋子又有什麼奇怪的新聞？」

老鎖匠道：「有的，有人在黑夜經過那屋子時，好像聽得廢墟中有哭聲，又好像有一個穿白衣服的鬼，在廢墟上晃來晃去。」

我不禁笑了起來，老鎖匠的那幾句話，是絕對不值得去加以研究的。

因為那是最常聽到的「鬼故事」，而這類鬼故事，通常是由於牽強附會，膽小的人自己編造出來的，我道：「沒有別的了？」

「沒有了。」老鎖匠回答着。

我站了起來：「好，你回去吧，你留下地址給我，如果有適合你的工作，我會找人來告訴你的。」

老鎖匠又不住地謝着，告辭而去。

老鎖匠走了之後，我關上了門，獨自坐在客廳中想了很久，老鎖匠的出現，勾起了我的回憶，當日發生的事情，就像是歷歷在目一樣。

我想到毛雪屏是一位著名的教授，如果他不是葬身在火窟之中的話，那麼，要找尋他的下落，一定不是什麼困難的事。

我決定打一個電話給小郭，他主持的偵探社，業務非常發達，資料也極豐富，託他去查一下，或者可以有結果。

當我在電話中聽到了他的聲音，而他也知道電話是我打去的時候，他高興地叫道：「真巧，我也恰好要打電話來找你！」

我笑着，道：「別賣口乖了，你想找我，為什麼不打電話來？卻要等我的電話來了，你才那麼說？」

小郭連忙辯道：「也得給我時間才是啊，而且，那是和你有關的事，我又不希望由我的秘書打給你，我想自己和你談談。」我道：「好了，究竟是什麼事？」

小郭將聲音壓得十分低，聽來像是很神秘，他道：「有人要找你！一個從泰國來的人，要我們偵探社找你，我聽到他講出你的名字，幾乎立即就可以將你的地址告訴他，但是，我卻不知道那人是什麼來路，是以將他敷衍過去了。」

「哦，他是什麼樣的人？」我說。

「和你差不多年紀，態度很詭秘，」小郭回答說：「看來像是什麼犯罪組織的頭子！」

我也不禁緊張起來：「他沒有留下住址，也沒有留下姓名？」

「不，全有。」小郭說。

我笑道：「如果他是什麼犯罪組織的頭子，他就不會那樣做了，他叫什麼名字？」

「他叫許信。」小郭回答着。

我陡地叫了起來：「許信。」

事情湊巧起來，什麼事情，全都堆在一塊兒來的。要就多少年一點音信也沒有。要就我才遇到了那老鎖匠，現在許信也出現了。

小郭顯然是被我的高叫聲嚇了一大跳，他道：「你怎麼啦？認識這個人？」

「當然認識，我認識他的時候，你還在穿開襠褲！」我回答說：「他住在哪裏？」

「你等一等，我看看他留下來的地址……嗯，他住在摩天酒店，二十一樓，二一〇四號房，是不是要我陪你一起去？」

「不必了，我自己會去對付那犯罪組織頭子！」我立時回答。

小郭有點不好意思地笑着，而我已迫不及待地放下了電話，我奔出門口，跳上車子，用最高的速度駛向摩天酒店，許信來了，而我已那麼多年沒有他的音信，待我們見面之後，一定得先揍他兩拳，然後才問他，何以一聲不響就溜走了。

當我置身在摩天酒店的升降機中時，我真嫌升降機上升的速度太慢，同時，我也罵着許信，為什麼住得那麼高，當我終於在二一〇四號房門前站定，敲着房門之際，我的心中充滿了一陣異樣的喜悅。

房門開了，打開房門的是一個瘦削的、看來有些面目陰森，膚色十分黝黑的男人，我呆了一呆，連忙向門上的號碼看了一眼，一點也不錯，正是二一〇四號房。

這時，那人也用奇怪的眼色在打量着我。我連忙道：「請問，這裏有一位泰國來的許信先生嗎？」

那人怔了一下：「我就是從泰國來的許信，閣下是誰？」

當我聽到了那樣的回答之際，我真正呆住了！

在我面前的那個人，就是許信！

那真是歲月不饒人啊！在我印象中的許信，怎會是那樣子的！

我苦笑了一下，許信望着我的眼光，也十分陌生，當然他也認不出我就是他要找的衛斯理了！

剎那之間，我的心情，不禁變得十分惆悵，我攤了攤手：「許信，你不認識我了？」

許信顯然仍未曾認出來，他只是望着我道：「閣下是——」

那實在是一件很令人傷感的事，我還想他能夠憑記憶認出我是誰，那樣，我們的重逢，多少還可以有點浪漫的意味。

但是，他卻完全無法認出來，我只好道：「你怎麼啦，我是衛斯理啊！」

他張大了口，像是我講了出來，他仍然不相信，他足足呆了好幾秒鐘，才道：「天啊！衛斯理，你怎麼變成了那個貓樣？」

他一開口，我就可以肯定，在我面前的絕不是陌生人，而真正是許信了。許信最喜歡出口傷人，他這許多年來的習慣還沒有改變。

我立時道：「你的樣子也好不了多少，許信，你變得難看極了！」

就像我從他的一句中，認出了他就是許信一樣，他當然也從我的話中，認出我是什麼人來了！他「哈哈」地笑了起來，伸拳向我肩頭打來。

但是，我出拳卻比他快，「砰」地一聲，已打在他的肩頭之上。

他被我那一拳，打得進了屋子之中，他張開了雙臂：「想不到我們兩人，居然會有一天，互認不出對方是誰！」

我也進了房間：「那真是想不到的事情，我們分開得太久了！」

他連忙揚了揚手：「別說下去了，我會解釋為什麼當年我會不辭而別。」

我笑了笑，老朋友終究是老朋友，他知道我見了他之後，第一件要向他提起的是什麼事！

我道：「我只打聽到你是從香港到了泰國，而你到了泰國之後，就像是失了蹤一樣，這些日子以來，你究竟是在搞什麼鬼？在密林之中種鴉片？」

「你這是什麼鬼念頭？」許信問。

「你知道那個私家偵探將你形容為什麼樣的人？他說你是一個犯罪組織的頭子！」我想起小郭的話，大笑着倒在沙發上。

許信有點憤然，但是他立時道：「這些年來，當然沒有人知道我的行蹤，我過着幾乎與世隔絕的生活，你知道我在什麼地方？我在一座古廟之中！」

我揚了揚眉：「什麼古廟？」

「你還記得，我們將房子賣了給那個叫毛教授的人嗎？」

「當然記得。」

「你自然也記得那影子？」

「少說廢話了，誰能忘得了它。」

「毛教授說，」許信在走來走去：「那影子是從一座古廟來的，而那座古廟中，又有許多稀奇古怪的東西，全是各地鄉民送來的，我就是到那座古廟去了。」

我望着他，心中充滿了疑惑，許信並不是一個做事有恒心的人，而他竟然在那古廟裏住了那麼多年，這實在是一件難以想像的事。

我道：「你去做什麼？」

許信的臉上露出一種十分迷茫的神色，他並沒有回答我的話，只是自顧自道：「我們那天分了手之後，我整晚睡不着，本來我想來找你的，但是我想，你未必肯和我一起去。」

「你那時已經決定要到那古廟去？」

「是的，第二天一早，我拿了錢，只對家中說了一聲就走了，一直到現在，我連自己也不明白，何以我會有那樣的決心，那好像不是我自己的決定，而像是有很多人在影響我作出那樣的決定！」

我的心中，不禁感到了一股寒意。

「我先到了香港，」許信又道：「後來到了泰國，我找到那古廟，我也説不上那究竟是什麼時代的建築，當我表示要在廟中長住的時候，廟中的和尚表示歡迎。開始的時候，我只是聽他們講廟中所有奇怪的東西，那些奇怪的東西大都已經散失了，但是仍有人不斷送來怪異的東西。」

「那都是些什麼？」

「真是在世界上其他地方難以見得到的，我看到比竹籮還要大的蜂巢，石頭上有着天然形成的文字花紋，有的枯木的形狀簡直就是一隻活生生的鴨子，也有鄉民抬着足有三四百斤的大鱔來放生，還有一些從泥中挖出來的，不知來歷的物件。」

「你有沒有見到那種影子？」

許信突然靜了下來。他沉默良久，才道：「那是最近的事。」

第七部

完全不同形式的生命

他雖然還沒説出什麼，但是我卻已從他的神情、他的語氣上，感到了一股極度神秘的意味，那種神秘的感覺逼人而來，令到我不由自主，機伶伶地打了一個寒戰，我也在不由自主，壓低了聲音：「許信，你又看到了那……影子？」

「不是那個影子，」許信搖着頭：「但是我相信，那是它的同類。」

我的腦中混亂得可以，是以我一時之間，還不明白他那樣説是什麼意思。

許信又補充着道：「那是另一個影子，我已將它帶來了，我就是為了這個原因才離開了泰國來找你的，你似乎很出名，我曾問起一些人，他們都説聽過你的名字，但是卻不知道你的確實住址，是以我只好去找私家偵探。」

我根本沒有聽清楚他這番話，在聽到他説「我已將它帶來了」之後，我的心便陡地一凜，也未及去注意他又説了一些什麼。

我急急地道：「它……你帶來的那影子在哪裏？」

我當時的心情實在十分矛盾，我怕再見到那種古怪的影子，雖然事情隔了那麼多年，但是一想起那種不可思議的影子，我仍然會不寒而慄。

可是，我卻又希望再見一見那樣的影子。因為現在我不再年輕，在這許多年中，我經歷了許多稀奇古怪的事，當我再見到那影子的時候，我想，我或者可以了解那影子究竟是什麼！

許信望了我一眼，他沒有再説什麼，就打開了衣櫃，提出了一個皮箱來，他打開皮箱，又取出了一個皮袋，那皮袋中放着一個球形物體，那是隔着袋子也可以看得出來的。

我屏住了氣息，這時，許信的動作，就像是一個印度大魔術師一樣，充滿了神秘感。

他拉開了皮袋的拉鏈，從皮袋中取出了一個石球來，我早已知道那種影子，是「居住」在石球之中的，但是我卻還是第一次看到那樣的石球。

它大約像保齡球那樣大小，深灰色的，表面粗糙，凹凸不平，它顯然相當沉重，因為許信是雙手將它捧了出來，放在桌上的。

許信雙手按着那石球：「衛斯理，你別害怕，我已證明它不會傷害人。」

我苦笑着：「你也該知道，我並不是害怕，而是那種神秘得不可思議的感覺，令我發抖！」

我的身子，的確在微微地發着抖，或許，這就是許信以為我感到害怕的原因。

許信的雙手，仍然按着那石球，他道：「這石球是一個農民發現的，據那農民說，他夜間在田中工作，泰國人大都很迷信，相信各種各樣的邪術，其中有些邪術的確不可思議，那個我慢慢再和你說，他看到天空上有很多流星飛過，然後，就在離他不遠，傳來了重物墜地的聲音。」

我吸了一口氣：「這石球從天上掉下來？」

「根據那農民的叙述，確然是那樣，他走過去一看，就看到了石球，據他所說，那石球的四周圍，當時被一團像雲一樣的東西包着，但是當他走近的時候，那雲一樣的東西就消失了。」

我再吸了一口氣：「那麼說來，這石球像是隕石？雖然這樣大小的隕石並不多見，但是比它更大的也有。」

許信緩緩地道：「你說得對，但是，是不是別的隕石之中也有着一個影子呢？」

許信說着，雙手突然移開，伸手撥了一撥，那石球在桌面上滾動了一下，在滾動之中裂成了兩半。

我實在想踏前一步，去仔細觀察一下，但是我卻又實在想退後幾步，因為我心中的那種神秘恐懼感，已愈來愈濃了。

在那樣矛盾的心情下，我終於呆立不動，我看到那石球在裂成了兩半之後，當中是空的。出乎我意料之外的是，它的中空部分，並不是球形，而是方形的。

接着，我就看到一團黑影，在那正方形的中空部分迅速地擴大，轉眼之間，一個影子便已出現在那張桌子上，於是，我和許信都看到，一個影子在牆上，就像是有人站在牆前，而又有一支射燈照向那個人一樣，雖然實際上並沒有人在牆前。

那影子和我多年前所看到過的影子，一模一樣，當它貼在牆上的時候，我又有了它在「看」我的那種感覺，我也盯着它。

我發出了苦澀的笑聲：「許信，你還記得你曾說過，它可能是阿拉丁神燈中的妖魔，你想它做什麼，它就會做什麼，是不是那樣？」

許信也發出了同樣苦澀的笑聲來，道：「你何必再提當年的幼稚話？現在，我問你，它究竟是什麼？」

我回答的話，幼稚得連我自己也覺得可憐，我道：「那是一個影子。」

許信尖叫了起來：「我知道那是一個影子，但是它究竟是什麼？」

這個問題聽來十分可笑，影子就是影子，還會是什麼，然而，那影子究竟是什麼呢？

我望着那影子，無法回答許信的問題。

許信顯然比我鎮定得多，或許那是由於他和這個影子已相處了相當久的緣故，他又指了指站立在牆上的那影子，問我：「那麼，你至少要回答我，你認為這影子是不是生物？」

我仍然苦笑着，「影子」和「生物」之間是絕對聯繫不上的。任何生物在光線的照射下，都會有影子，在牆上的是一個人的影子。不但是生物，任何物體，都會有影子，那是小孩子也知道的事。

但是影子的本身，卻並不是一件物體，既然不是一件物體，又怎會是生物？

我先將我要回答許信的話，在心中想了一遍，然後，才照我所想的，講了出來。

許信點着頭：「你想的和我一樣，在我和你以及所有人的概念之中，影子根本不是一個物體，只不過是光線被局部遮蔽之際，出現的一種現象，影子是不存在的，但是現在我和你看到的事實，卻破壞了我們的一切概念！」

我又轉頭向牆上望去，那影子仍然站立着，但當我向它望去的時候，它卻移動起來，到了窗口，然後，移出了窗外，它的一半貼在窗外的牆上，像是在欣賞窗外的街景。

許信的聲音似乎更鎮定：「我們有了不少人生閱歷，能設法解釋這影子究竟是什麼嗎？」

我嘆了一聲：「我想聽聽你的意見。」

「那是一種生命。」許信回答。

我望了許信一眼，許信說得十分肯定，說那影子是一個生命。但不論他的語氣多重，就算他對天發誓，他的話仍然是沒有說服力的。

所以，我搖了搖頭。

許信卻並不氣餒：「那是一個生命，我們對生命的觀念是，任何生命總是由細胞所組成的，所有動物和植物的生命都是如此，最簡單的生命是單細胞，甚至還不是細胞，但是事實上，我們對生命的概念，只可以說是地球上生命的概念。」

他在「地球上生命的概念」這一句話上，特別加強了語氣。

然後，他又指了指那影子。

這時候，那影子已縮了回來。仍然貼在牆上，他道：「我們不知道這影子來自什麼地方，但是我們不能否定這是一個生命，它甚至不是立體，只是一個平面，只是一個影子，它的生命構成，和地球上的生命構成完全不同，我們根本無法想像，但是它會動，我敢說它有思想，它們的同類之間，一定有溝通思想的辦法！」

許信在揮着手，他的神情也愈來愈是激動，像是一個演講家講到了酣暢淋漓時一樣。

然而，他所說的話，卻令我愈來愈感到迷惑。

或許，在遼闊無際，神秘莫測的宇宙中，真有一個星球上，生命是平面的。但是我卻無論如何，無法接受這樣的概念。

我望着許信，緩緩地道：「老實說，我未曾聽到比你剛才所說的更大膽的假設。」

「這不是假設，」許信叫了起來：「這生命就在你的面前，你可以看到。」

我變得有點口吃，我道：「那麼，你認為它是來自另一個星球？」

許信搖着頭：「不，我並不是那麼想，如果它來自一個星球，那麼，這個星球——」

他講到這裏，伸手叩了叩那石球，然後又道：「這個石球，就應該是一艘太空船了，但是，那卻只是一塊中間空心的隕石。」

我的話多少有一點諷刺的意味：「或者對於太空船，或者是機械的觀念，也有所不同，它們的機械，只是一塊石頭！」

許信無何奈何地苦笑了起來，他無法反駁我的話，生命可以是平面的，可以只是一個影子，那麼，為什麼太空船不可以是一個石球呢？

許信一面苦笑着，一面雙手捧起了那石球來：「我卻有我自己的想法，我的想法是這個石球，本身就是一個星體。」

我呆了一呆，但我卻沒有說什麼。

那石球很小，不會比一個足球更大，但是，它當然可以是一個星體。星球有大得不可思議的，也有極小的，在宇宙中運行的，甚至還有許多宇宙塵，它們是極其細小的微粒！

比起宇宙塵來，那麼，這個石球當然已是一個龐大的星體了，在宇宙中，大和小的概念，本來就是接近無窮大和無窮小的。

我不由自主地點了點頭。

許信看到我終於有同意他的話的反應，顯得十分高興：「這樣的星體，在宇宙中一定極多，和地球一樣，它們雖然小，但是卻有條件產生生命，產生了單一的生命，在它的內部，不知是由什麼原因，它脫離了運行的軌迹，被地球的吸力吸引到了地面上來，朋友，這就是影子人的來歷。」

我半晌不語，這時，那影子在漸漸移動着，它繞着房間的牆壁遊移着，進了浴室，又從浴室中出來，最後，它又沿着地氈來到了桌邊，然後，它移上了桌子。

當它來到了桌面的時候，它的面積在顯著地縮小，等到它來到了石球附近之際，它變得只有巴掌大小，可是卻仍是人形的。

接着，它像是決心結束遊歷了，它「爬」上了石球內部那正方形的空間中，那時，它只是一個小黑點而已。

許信將石球的另一半蓋上，抬起頭來，道：「它時時那樣，出來不久之後，一定要回到石球中去，好像是它必須在石球中，生命才安全。」

我將手按在許信的手臂之上：「許信，我知道有一個機構，是專門研究這類稀奇古怪的事情的，我也認識這個機構的主持人，我和你一起去找他，和他一起共同研究這個……影子。」

卻不料許信搖着頭：「不，衛斯理，如果我和你單獨到了另一個星球上，我們最希望獲得的是什麼？」

我呆了一呆，這幾乎是無法回答的問題，而我也從來未曾想過，會單獨地到另外一個星球上去。

在我瞠目不知怎應對時，許信已自己回答了這個問題：「我如果在那時候，最需要的自然是對方的友誼，而決不希望被人家研究！」

我又感到了一股寒慄：「許信，你瘋了？你想和這影子做朋友？」

許信卻十分固執地道：「它既然是一個生命，我為什麼不能和它做朋友？」

我想說一些輕鬆些的話，因為那實在是一件很可笑的事。但是我卻只是張大了口，無法說得出來。

許信又道：「你還記得那位毛教授的話嗎？他曾說，那老和尚和另一個影子，可以憑藉手勢而交談，我可以斷定這是一個生命，就是根據這一點而來的，它一定能發出一種電波，或者是類似的東西，知道外界究竟發生了什麼事。」

我連忙道：「那麼，你為什麼不讓它參加科學的試驗，讓它在各種精密可靠的儀器中，顯示它的能力，以證明它究竟是什麼？」

「不！」許信大聲回答。

他可能是因為我再度提出要將那影子送去作試驗而心中十分惱怒，許信本來不是那麼衝動的人，尤其在我的面前，他不應如此衝動，更何況我們是久別重逢的好朋友，他是特地來找我的！

但是，我卻十分難以了解他這時的精神狀態，他好像將和那影子之間的「友情」，看得比我和他之間的友誼更重。

他好像「中了邪」一樣，滿面怒容，一面大聲説「不」，一面捧着那石球，在桌上用力頓了一頓，發出了「砰」地一聲來。

他那一頓，令得那石球裂下了一小片，同時，在石球中也發出了一下類似呻吟、掙扎的聲音。

我竭力想使氣氛變得輕鬆些，是以我連忙道：「許信，別衝動，你的影子朋友受驚了！」

許信沒有説什麼，他捧起了那石球，用皮袋套好，放回了箱子之中。

然後，他抬起頭來：「我很失望。」

我知道他的意思：「你本來想怎樣？」

「我想邀你一起和我回到那座古廟去，那地方十分清靜，可以供我們慢慢來研究那影子，我們可以共同和那影子交談，但你顯然不會答應。」

我皺着眉：「你計劃用多少時間？」

「如果我一個人的話，我想至少十年、八年，但如果我們兩個人在一起，時間自然會縮短很多，我想，三五年也足夠了。」

將三五年的時間花在努力和「影子」的交談上，如果真有成績的話，倒也不是不值得的事。

我停了片刻，才道：「許信，我想你不必失望，我可以和你一起去。但我有很多事務，你要讓我好好交代一下。」

許信顯得十分高興：「好，但我卻要先回去，現在對於城市生活，變得很不習慣！」

這一點，我是早已看出來的了，他非但對城市變得很不習慣，而且，他人也變得很怪。我道：「你何必那麼急於回去！」

他道：「不，我一天也不想多留。」

我知道他的脾氣，所以我道：「好的，那麼，我們一起去吃飯，我介紹你認識我的妻子。」

卻不料許信連這一點也搖頭拒絕，他道：「不，不必了，我不想和外人多接觸，我立即就走，你在安排好了你的俗務之後來見我！」

他按了叫人鐘，當侍者進來之後，他就吩咐道：「請你替我結算房錢，我要走了。」

我呆立在桌邊，許信那樣不近人情，雖然我念及他一個人在那古廟中住了那麼多年，不免古怪些，但是我的心中仍然有點生氣。

我看着他匆匆忙忙地整理着行李，我也沒有說什麼。在他忙碌時，我看到了桌面上那石球的碎片，我心中不禁動了一動，趁他不覺，我將那碎片，放進了袋中。

許信在半小時之後離開了酒店，他甚至拒絕我送他到機場去，他只是在酒店門口和我握別，道：「你就算不來，我也不會怪你，但是你一定要找人帶一封信來給我，好叫我不要空等。」

我答應道：「一定！」

他上了車，車駛走了。我在酒店的門口呆立了片刻，從口袋中，摸出了那塊碎片來，我並沒有回家，而是直接來到了一間化學實驗所，那實驗所的負責人是我認識的，我將那碎片交給了他，請他盡快地將分析的結果告訴我，然後才回家。

到了家中，我坐在柔軟的沙發上，享受着清香的龍井茶，我已經改變了主意，我實在不想到那個充滿了荒誕的古廟之中，度過三五年和那不知是什麼的影子打交道的光陰。

所以，我根本沒有將這件事告訴白素，只是休息了片刻之後，到了我的那家進出口公司，叫一個可靠的職員，請他到泰國走一遭，去告訴許信，我不去了，叫他不必等我了。

那職員仔細聽了我的話，立即去辦旅行手續，當我在傍晚時分回到家中時，實驗所的負責人已經來了兩次電話。

我連忙打了一個電話給他，我的心情多少有點緊張，問道：「你分析的結果，發現了什麼？」

「大量的鎳和鐵，」他回答：「那好像是一塊隕石，但是它的結構卻十分鬆，充滿了氣體。」

「什麼氣體？」我連忙問。

「那當然無法知道，當將之敲成碎片的時候，氣體立即逸走，除了鎳和鐵之外，便是矽和鋁，大致上和地球上的岩石相似。」

「沒有別的成分？」

「沒有，分析報告上沒有表示有什麼特異的成分，你還有什麼問題？」

我本來想問他，在那樣的成分中，是不是會產生一種像影子一樣的生命，但是我卻沒有問出口，因為我知道，如果我問了出來也一定沒有結果的。

我道：「謝謝你，沒有別的事了。」

我放下電話，下定決心，要將這件事完全忘記。但是在那職員還沒有回來之前，要忘記這件事，倒也不是十分容易的事。

在那幾天中，我幾乎一閉上眼睛，就看到那神秘莫測的影子，同時，也反覆地想着許信所說的那一番話，我竭力想使自己理解那一番話，相信宇宙中真有一種生命，只是一個平面。

但是，我實在沒有辦法做到這一點，因為那實在是在我們思想範疇以外的事。

十天之後，那職員回來了，他帶給我的消息出乎我意料之外，他告訴我，在他到達那古廟的前兩天，那古廟失火燒成了灰燼，一個姓許的中國人不知所終，可能已被燒死了。

那情形和毛教授那棟房子，完全一樣！

當然，沒有人再見過那影子，那影子似乎也在大火中消失了，但是，如何會有那一場大火的？何以竟如此湊巧都有一場大火？

這些問題，當然無法解答，而我只記得許信曾說過：「那影子是什麼？是一個生命。」

那影子真是一個生命嗎？如果有人再問我一遍，我將仍然回答不出來！

在知道了那古廟失火之後，我和好多人談起過這件事，我轉述了許信的一個小星球、一個生命的說法，但是沒有一個人肯接受這種說法。

後來，我遇到了一個對星體生物素有研究的科學家，我將這件事的詳細經過，原原本本地講給他聽，他在聽了之後，卻表示對許信的說法予以支持。他道：「那是可能的，在宇宙中，不可測的事實在太多了，我們和普通人不同，我們的工作就是研究地球之外，是不是有生物存在，如果我們不摒棄地球上對生物的概念，那麼，我們將永遠發現不了什麼。」

當時，我又問道：「那麼，你認為有一種生命，可能只是一個平面？」

那位科學家笑了起來，道：「衛先生，不但可能是一個平面，還有可能，生命是什麼也沒有。」

「什麼也沒有？」我不明白。

「是的，生命可能是什麼也沒有，只是一束無線電波，或類似的東西，也不是不可能的事，宇宙實在太神秘了，太不可測了！」

我沒有再說什麼，的確，宇宙的秘奧實在是深不可測，地球上的人類，可能直到永遠也無法完全了解宇宙的秘奧，在我們這一代而言，更是可以肯定我們無法了解宇宙！

雨花台石

第一部

一塊活的雨花台石

這是一個舊故事，也可以說，是一個新舊交織的故事，因為故事的前半部，發生在很久以前，後半部卻是最近的事，相隔了很多年，一件古怪得不可思議的奇事，才算是有了結果。

先從前半部講起。

我的中學同學中，有各地來的人，其中有一位來自鎮江，事情就開始在這位鎮江同學身上。

這位同學叫徐月淨，這個名字很古怪，有點像和尚的名字，而他的家又恰好在金山寺下，是以我們都戲稱他為「和尚兒子」，徐月淨是一個好好先生，給我們取了一個這樣的綽號，居然也認了，不加抗議。

鎮江金山寺是一所很有名的寺院，在白蛇傳中，法海和尚作法，「水漫金山」，就是引長江水來浸金山，而金山是長江江中心的一個小島，島上怪石嶙峋，樹木蔥翠，寺院依山而築，氣勢雄偉，真是一個好去處。我有一次遊金山寺，就是和徐月淨一起去的，因為那一年過年，我邀他在我家住了幾天，年初四，他也邀我到他家中去，當天下午，他就帶我去遊金山寺。

那天的天氣十分冷，中午開始陰冷，等我們到了金山時，天開始下雪，爬山到了金山寺，雪愈下愈大，看來已無法遊山，只好遊寺了。

我們在寺中轉了一轉，徐月淨道：「好冷，你要不要喝杯熱茶，寺中的和尚我全熟。」

我笑道：「當然，你本來就是和尚兒子！」

徐月淨顯得很尷尬，他連忙道：「別胡說，在學校說說不要緊，在廟裏可不能胡說。」

我呵着凍得發紅的手：「好，我不說了，最好找一個有學問的和尚，可以和他談談天。」

中學生容易自命不凡，我那時以為自己知識豐富，所以才提出那樣一個要求來。徐月淨立時道：「好，有一個和尚叫智空，他最多稀奇古怪的東西，而且有各種古怪的故事。」

我十分高興：「好，找他去！」

徐月淨帶着我，穿過了大雄寶殿，經過了幾條走廊，他自小在金山寺玩，自然對寺中的一切熟得可以，他到了一間禪房門口，敲着門，裏面有人道：「進來，是月淨嗎？」

我不禁呆了一呆：「他怎麼知道是你呀？」

徐月淨瞇着眼，向我笑了一笑：「我也不知道，事實上，他好像有一種特別的力量！」

就一句話，已經引起了我極大的興趣，徐月淨推開門，我向裏面望去，只見一個和尚，坐在一張桌子的前面，正在抄經書。

這個和尚，如果他不是穿着袈裟的話，看來也像一個教員，他看見我們，笑了笑，徐月淨道：「智空師父，這是我的同學，衛斯理。」

我也不知道向和尚應該如何行禮才好，所以只好點了點頭，智空和尚倒很和藹可親，點頭道：「請坐，外面下雪，好冷啊！」

外面的確很冷，但是禪房中很和暖，因為生着一爐炭火，我在炭火邊坐了下來，徐月淨道：「智空師父，衛斯理最喜歡稀奇古怪的東西，你將那隻木鴨子拿出來，給他看看。」

智空和尚微笑着，站起身，來到一個木櫃前，打開一個抽屜，回過頭：「你來看！」

我連忙走了過去：「是什麼東西？」

我說着，已經看到那隻「木鴨子」了，那是一截老樹根，樣子就和一隻鴨子一模一樣，真可以說是維妙維肖，但是卻一眼可以看出，那是天然生成的。

這東西自然奇趣，我拿起來玩了一會，然而離我想像中的「離奇古怪」，還差得很遠。

接着，在徐月淨的要求下，智空和尚又給我看幾樣東西，一樣是外殼寶藍色的「鳳凰蛋」，我想那大概是鴕鳥蛋，另一樣是一串念珠，看來並沒有什麼特別，但是據智空和尚說，它是由山魅的骨頭做的，「出家人不打誑語」，我自然不好意思追問下去。

還有一個很舊的竹盒子，盒中放着一塊黑漆漆的東西，就是真正的「狗寶」，「牛黃狗寶」倒是時時聽說的珍貴藥材，卻不料看來竟如此不起眼，而且我自料不會有什麼疑難雜症，需要動用到「狗寶」的，是以我的興趣愈來愈淡了。

外面的雪仍然十分大，但反正徐月淨的家就在金山，我已有要冒雪回去的意思，徐月淨也看出我有點不耐煩了，他對我道：「智空師父還有一件很奇怪的東西，可以令你大開眼界的！」

我不經意地道：「是麼？」

智空卻道：「我沒有什麼特別的東西了，你們要不要去吃一碗齋麵？」

徐月淨道：「怎麼沒有了，你那塊石頭呢？」

禪房中的氣氛本來是很融洽的，可是當徐月淨的這一句話出口，我立時便覺得不對頭了！

在剎那之間，徐月淨像是說錯了什麼極其嚴重的話一樣，露出十分慌張的樣子，而智空和尚的臉色也陡的一變，變得十分難看。

只有我，全然覺得莫名其妙，因為我實在想不出徐月淨的那一句話，有什麼不對頭的地方。徐月淨只不過問「你的那一塊石頭」，一個和尚藏着一個石塊，可沒有什麼不對。

可是看當時的情形，徐月淨倒像是問了一句「你藏的那個女人呢」一樣。

如果我當時年紀大一些，我一定會裝着看不出氣氛有什麼不對，不再去追問。可是當時我卻年輕，只覺得奇怪萬分，立時道：「什麼石頭？」

我這樣一問，徐月淨和智空和尚的表情更是尷尬，就像他真的藏着一個女人，已經被我識穿了一樣，智空和尚先是瞪了徐月淨一眼，徐月淨也像是做了什麼大錯事一般，低下頭去，一言不發。

然後，智空和尚轉頭，望着窗外：「啊，雪愈下愈大，你們也該回去了！」

為了那塊石頭，智空和尚竟由熱誠歡迎，而變成下逐客令了，而且，徐月淨和他配合得很好，立時道：「是啊，我們該回去了！」

我當時氣得幾乎立時要嚷了起來，但是我還是忍住了沒出聲。我的心中當然感到十分疑惑，不知道他們提到的那塊石頭，究竟是怎麼一回事，但是我已決定要弄清楚這件事，而且決定先在徐月淨的身上下手。

所以我道：「好啊，我們該回去了！」

徐月淨和我一起離開了禪房，到了房外，他忽然又叫我等一等，又進房去，和智空和尚嘰咕了一陣，然後才帶着惴惴不安的神情走出來。

我們一起離開了金山寺，向下山的路上走着，到了山腳下，我仍然直向前去，徐月淨伸手拉住了我的衣服，道：「你到哪裏去？我家在那邊！」

我道：「我知道你家在哪裏，可是我現在要到碼頭去，搭船進城。」

徐月淨愕然道：「進城？幹什麼？」

我大聲叫道：「回我自己的家去！」

徐月淨呆了半晌，雪十分大，我們兩個人只站立了片刻，連眉毛上都沾了雪花。

徐月淨在呆了半晌之後，才道：「你……你在生我的氣了？」

我知道徐月淨是一個老實人，非用重語逼他是不會有效的，是以我立時道：「我何必生你的氣，我們根本不再是朋友了，為什麼我要生你的氣？」

徐月淨着急道：「你說什麼？為什麼我們不再是朋友，我們是好朋友！」

我冷笑着：「是啊，是好朋友，與和尚眉來眼去，算什麼好朋友？」

徐月淨低下頭去，呆了半晌，才嘆了一口氣，哀求道：「衛斯理，這件事，別再提了好不好？」

我的好奇心使我變得硬心腸，雖然徐月淨已急得幾乎哭出來了，但是我還是道：「不行，那塊石頭究竟是什麼，你得詳細告訴我！」

徐月淨抬起頭來，哭喪着臉：「那……那不行，我答應過智空師父，不對任何人提起。」

我看出徐月淨已經快投降了，是以我又逼了他一句：「哼，我還以為我們真的曾經是好朋友！」

徐月淨望了我半晌，又嘆了一聲，拉住了我的手：「好，我講給你聽！」

他拉着我，進了一家小菜館，在一個角落處坐下來，我們捧着酒杯，暖着手，徐月淨又道：「我對你說這件事，你無論如何不可再對旁人說起。」

我笑道：「一塊石頭，何必那麼緊張，那究竟是一塊什麼石頭？」

徐月淨道：「一塊雨花台石。」

我呆了一呆，一時之間幾乎懷疑自己聽錯了，可是徐月淨說得很明白，那是一塊雨花台石，我在一旁聽了之後，不禁「哈哈」大笑起來。

不錯，雨花台石是十分有趣的東西，晶瑩美麗，可愛異常，花紋和質地好的雨花台石，價值也相當高。但是無論如何，一塊雨花台石總不值得如此神秘，除非他們兩人的神經上都有多少毛病。

我在呆了一會之後，道：「行了，早知道只不過是一塊雨花台石，我們也不必吵架。」

我已經表示我沒有興趣再聽下去了，可是徐月淨終究是個老實人，他既然開始講了，就要將事情講下去，這時，他反倒主動的道：「這塊雨花台石與眾不同，我也只見過一次！」

我順口道：「不同在什麼地方？」

徐月淨的神色十分凝重，壓低了聲音：「它是活的！」

這一次，我真的懷疑我聽錯了，我連忙問道：「你說什麼？」

徐月淨重複了一遍，說的仍是那四個字：「它是活的。」

我呆住了，出聲不得，一塊石頭，雨花台石，它是活的，這實在荒唐到了超乎常識之外，令人無法接受，我道：「活的？石頭？你弄錯了吧？」

徐月淨神色嚴肅地道：「沒有弄錯，雖然我只見過一次，但是它的確是活的，一點不假，智空師父根本不肯給我看，是我有一次不敲門就進他的禪房撞見的，他叫我無論如何，不能告訴別人！」

我的好奇心被提到了頂點，因為我知道徐月淨決不是一個說謊的人，而一塊雨花台石是活的那件事，又實在太無法接受了。

是以我的身子俯向前：「你詳細告訴我！」

徐月淨道：「那一天是夏天，我推開他禪房的門，看到他正在凝視着什麼，他一見我進來，就立時以袖子將桌上的東西蓋住，我那時很頑皮，假裝什麼也沒有看到，和他談着話，突然掀開了他的衣袖，就看到了那塊雨花台石了，它有拳頭大小……」

我不等他再往下說，便道：「當時，那塊石頭是在跳着，還是怎麼樣？」

徐月淨道：「我說它是活的，並不是那個意思。」

我道：「那麼，它如何是活的呢？」

徐月淨喝了一口茶：「你耐心一點，聽我說下去，我當時看到的只不過是一塊雨花台石，心中也感到奇怪，那塊雨花台石很美麗，是橢圓形的，一半是深紅色，另一半是一種近乎白色的半透明，本來，我看到的是雨花台石，只不過順手想拿起它來看而已，可是智空師父卻緊張得將我的手按住，叫了起來，道：『別理它！』」

「我當時呆了一呆，道：『這是什麼？』智空師父道：『我也不知那是什麼，那是我在雨花台拾回來的。』我道：『我早就看出它是一塊雨花台石了。』智空師父道：『可是它與眾不同，你看。』智空師父說着，將那塊雨花台石移到了陽光之下。」

徐月淨說到這裏，神情變得十分緊張，雙手緊緊握着拳，臉色也變了。他的緊張神情，連帶使我也緊張了起來，我道：「你看到了什麼？」

徐月淨雙手捧着茶杯，他的手在發抖，以致有好些茶灑了出來，他的臉色變得很蒼白，他的嘴唇顫動着，可是卻說不出話來。

我心中更急：「你究竟看到了什麼？說呀，不論你看到了什麼，現在說出來，又有什麼關係？」

我的話多少起了一點作用，徐月淨的神色變得鎮定了許多，他先嘆了一口氣：「真是不可思議，那塊雨花台石，一半是深紅色的，而另一半是半透明的，可以看到石中的情形……」

我是一個心急的人，徐月淨講的話不得要領，使我很急躁，我催促他道：「那你已經説過了，告訴我，在將那塊石頭移到了太陽光之下，你看到了什麼？」

徐月淨道：「你別着急，我自然會告訴你的。」

他講到這裏，又頓了一頓，我不禁嘆了一口氣，這個人，你愈是焦急，他愈是慢吞吞，還是不要去催促他，由得他自己説的好。

徐月淨在停了片刻之後：「我實在不知該如何説才好，嗯……在太陽光下，那半透明的一部分，看來更加透明，我看到自那紅色的一部分，有許多一絲一絲的紅絲，像是竭力要擠向那半透明的部分，而在那半透明的部分，又有一種白色的絲狀物，在竭力拒絕那種紅絲的侵入，雙方糾纏着，那種情形使人一看到，就聯想到一場十分慘烈的戰爭！」

我望着徐月淨——實際上，我是瞪着他，我的心中在懷疑他是不是正在發囈語！

在我的神情上，徐月淨顯然也看出了我的心中正在想些什麼，是以他苦笑起來，放下了茶杯：「我所說的全是真話，信不信由你。」

我仍然瞪着他：「和尚兒子，你的意思是叫我相信，在一塊石頭之中，有一場戰爭？」

徐月淨感到十分尷尬，連忙道：「不，不，那或許是我的形容詞不怎麼得當，但是，在那塊雨花台石之中，確然有着爭執，我的意思是，那種紅色和白色的絲狀物，它們是活動的，而且正在掙扎着，我說那塊石頭是活的，就是這個意思。」

我並沒有再說什麼，因為徐月淨所說的一切，令我消化不了，我得好好將他的話，在腦中整理一下，才能夠逐漸接受。

而在我思考期間，徐月淨又補充道：「所以，並不是說那塊石頭是活的，而是那塊石頭之中，有着活的東西！」

那時，我已經將徐月淨的話，仔細想了一遍。為了鄭重起見，所以我不叫他的綽號，而叫他的名字：「月淨，你一定眼花了，雨花台石有不少是有着極其奇妙的花紋的，在陽光之下，稍有錯覺，那種隱藏在石內的花紋看來就會像活的一樣！」

徐月淨連忙搖着手：「不，絕不相同，你以為我沒有見過雨花台石麼？我見過許多美麗的雨花台石，但那些和智空和尚的那顆完全不同，他的那顆是活的，我的意思是，石頭中有活的東西！」

徐月淨說得十分認真，他那種認真的態度，使我無論怎樣想，也絕不會想到他是胡言亂語。

我呆了半晌，才道：「你只看到過一次？」

徐月淨點頭道：「是的，智空師父不准我向任何人提起這塊石頭的事，甚至在他的面前，也絕不准提起，我也一直遵守着自己的諾言，剛才，我一時衝動，提了起來，他的反應如何，你看到了！」

我「唔」地一聲：「他的反應，倒像是你提及他在禪房中藏了一個女人！」

徐月淨苦笑道：「真像！」

我問道：「他為什麼那麼神秘，不想人家知道他有着那樣的一塊雨花台石？」

徐月淨搖頭道：「我不知道。」

我問道：「那麼，當時你看到了那種奇異的現象，你有沒有問他，這塊石頭中，究竟是什麼東西？」

徐月淨道：「當然有，我看到的情形，實在太奇特了，我怎麼能不發問？可是智空師父自己也不知道那是什麼，他只是說了一些玄之又玄的話。」

我追問道：「他說了些什麼？」徐月淨道：「他說什麼上天造物之奇，決不是我等世俗人所能了解的，又說什麼佛能納須彌於芥子，於芥子中現大千世界。」

我眨着眼：「這是什麼意思？」

徐月淨道：「誰知道，佛法本來就是玄學，只怕連他自己，也一樣不明白他的話是什麼意思。」

我呆了半晌，吸了一口氣：「月淨，我想看看那塊石頭。」

徐月淨吃驚地望着我，我完全明白，徐月淨之所以吃驚，是因為他明白我的性格，是想到了做什麼，一定要做到的那種人！

是以他連忙搖手道：「不行，智空師父一定不肯給你看的，他一定不肯給你看！」

我也早已想好了我的辦法，所以我道：「我不去求他讓我看那塊石頭。」

徐月淨的神情更吃驚了，他張大了口，呆了半晌，才道：「你不是要……要去將那塊石頭……」

他是一個老實人，從他的口中，始終說不出一個「偷」字來，我不等他結結巴巴再說下去，就接上了口：「你和我一起去將它偷出來！」

徐月淨大聲叫道：「我不去！」

他叫得實在太大聲，以致茶館中的所有人都轉過頭，向我們望過來。

我放下了茶錢，拉着他便向外走，到了茶館外，我才埋怨他道：「你瘋了，我們是商量着到金山寺去偷東西，你怎可以那麼大聲？」

我和他一起向前走着，因為下雪，街道上泥濘不堪，我道：「我非去不可，誰叫你將這種怪事告訴了我？你如果不敢和我一起去，就證明你在說謊！」

本來，像我這樣的「激將法」，用在徐月淨這樣的老實人身上，是萬試萬靈的，可是，這該死的「和尚兒子」像是已立定了主意，不肯跟我去偷東西了，他搖着頭：「我不去，就當作我是在撒謊好了！」

第二部

兩個倒霉的小偷

他講出這樣的話來，我倒無法可想了，我們兩人都不再說什麼，只是默默向前走着。

不一會，到了徐月淨的家中，我們仍然相互間不說話，徐月淨在他房間後的小院子中，堆着雪人，他當然不是對堆雪人有什麼興趣，只不過是他有意避開我，不肯和我談話而已。

我也不去理會他，自顧自在房間中盤算着，一直到吃過了晚飯之後，天色全黑了下來，我們才開始說話，是我先開口，我道：「好了，和尚兒子，我不要你陪我去了，我自己一個人去！你放心，別的和尚不會捉我，因為我不是去偷他們的東西，而智空和尚就算捉到了我，他也不會聲張出來，因為我是去偷那塊古怪的雨花台石，他不敢對人家說他有一塊那樣古怪的石頭！」

我的詭辯使徐月淨一時之間難以應對，他只是道：「我還是不去！」

我笑着：「我根本沒有要你去，而我也早就盤算好了，和尚都要做早課，智空和尚也不能例外，我們半夜偷進寺去，找一個地方躲起來，一到清晨，和尚全都到佛堂念經去，我們就偷進禪房，偷了那塊石頭出來，保證萬無一失。」

我心中實在還是想徐月淨和我一起去，老實說，一個人去做那樣的事，總有點不自在，所以，我故意在我的話中，用「我們」這兩個字。

徐月淨默不作聲。

我又道：「這塊雨花台石既然如此怪異，說不定有着極高的科學價值，如果讓它一直埋沒在禪房中，那實在太可惜了，你可知道雨花台石的來歷麼？」

徐月淨聽得我忽然轉了話題，也不禁一呆：「雨花台石的來歷是什麼？」

我道：「全世界只有南京雨花台，才有那種花紋美麗、質地晶瑩堅硬的石頭，當然不是地上長出來的，它是從天上掉下來的！」

徐月淨道：「別胡說了！」

我笑道：「和尚兒子，你自己見識少，就不要講人家胡說，你可知道『天花亂墜』這句成語？」

徐月淨不服氣地道：「當然知道。」

我道：「好，這句成語的上一句是什麼？」

徐月淨瞪了瞪眼，說不上來。我笑道：「這就是了，你還是不知道。『生公說法，天花亂墜』，這裏面是有一個故事的。」

徐月淨道：「那和雨花台石又有什麼關係？」

我道：「自然有關係，生公是晉時一位高僧，叫竺道生，他在虎丘說法，說得頑石盡皆點頭，他在南京說法，說得天花亂墜，自天上掉下來的花，都化為五色石子，所以這個說法的地方，就叫做雨花台，那些石子就是雨花台石。」

徐月淨笑了起來：「你牽強附會的本領，倒是第一流的了。」

我道：「我也沒有那麼大的本領，那只不過是前人筆記小說的記載而已。」

徐月淨道：「這種記載，如何信得？」

我道：「當然不能盡信，可是也多少有一點因由，天花亂墜化為五色石子，自然是沒有科學知識的人所說的話，而如果從科學的觀點來看，可能是有一顆流星，化為隕石，穿過地球的大氣層，變為千百萬塊小的隕石粒，落在雨花台這個地方，當萬千隕石粒墜下，不是正像天上的花朵紛紛墜下麼？」

徐月淨笑道：「好了，我說不過你！」

我也笑着，拍着他的肩頭：「本來就是，我想他那塊雨花台石，一定有着科學上的研究價值，說不定，我們兩人可以研究出一些天文學上的意外新發現。睡吧，半夜我會叫醒你的！」

徐月淨苦笑道：「叫醒我做什麼，我又不曾答應和你一起去偷東西。」

我笑了起來：「你怎可以不答應？你要是不答應，一定會後悔一世！」

徐月淨嘆了一口氣，沒有再說什麼，我們鑽進了被窩，雖說我們都想好好睡一覺，再採取行動，可是卻緊張得翻來覆去，睡不着覺。

後來，我們索性不睡了，弄旺了炭火，詳細地計劃着如何開始行動。

等到凌晨三點鐘，我們離開了徐月淨的家。

雪已停了，積雪很厚，才一開門，一股寒風撲面而來，令到我和徐月淨連接打了好幾個寒戰，我們縮着頭，攏着手，頂着風，向前走着。

當我們開始上山的時候，風勢勁疾，吹得我們兩人全身都像冰一樣，身上厚厚的皮袍子，就像是紙糊的，一點也頂不了寒。

徐月淨的牙齒打着震，以致他講起話來，也是斷斷續續的，他道：「我真笨，會跟你來幹這種事！」

我也一樣發着抖：「已經來了，還埋怨什麼？如果不是你告訴我有關那塊石頭的事，我怎麼會想要偷來看看？」

我們咬緊牙關，頂着寒風，向山上走着，積雪又厚，腳高腳低，身上的衣服又臃腫，好幾次跌在雪地上，在雪地上打滾，我心中在想，只怕世界上自有竊賊以來，沒有哪兩個小偷，像我們這樣狼狽的了。

好不容易來到了寺前，我們又不敢從寺的正門進去，於是沿着圍牆，繞到了寺旁。

當我們沿牆站着，受到寒風的威脅稍小了些的時候，徐月淨又嘆了一口氣：「古人做詩，說什麼踏雪尋梅，情調如何好，他媽的全是鬼話。」我呵着凍得發紅了的雙手：「別理會那些了，我們還得爬牆進去。」徐月淨嘆着氣：「這一輩子，總算什麼都試過了，你先托我上去。」

我將徐月淨托了上去，自己也爬過了牆，好在廟牆並不是太高，爬牆倒並不是十分困難。

當我們爬進了寺之後，遠遠已斷斷續續傳來了雞啼聲，我們恰好是在金山寺後的廚房附近爬進來的，廚房中有燈光，熱氣蒸騰，我們真想奔過去，好好地暖和一下，再開始行動！

我們貼牆站了一會，才繼續向前走，由徐月淨帶路，一直來到了智空和尚的禪房附近，才蹲了下來。也幸虧有徐月淨帶路，如果是我一個人摸進來的話，那些大殿、偏殿、走廊、院子只怕已弄得我頭昏腦脹，轉到天亮，也轉不出去！

但徐月淨就不同了，他是自小在金山寺玩大的，對於寺內的地形，自然十分熟悉。

我們蹲了下來之後，更覺得寒冷，棉鞋已被雪濕透，一陣陣透骨的寒氣，自鞋底之上，直冒了上來，兩個人都在發着抖。

雖然我內心的好奇仍然是如此強烈，但是我也有點後悔了，真是的，放着暖被窩不享受，倒來這裏受這樣的活罪！

遠處的雞啼了又啼，可是和尚卻老是不肯起身，好不容易，鐘聲響了起來，我們看到有些房間中亮起了燈火，我們躲在牆角，看到寺中的和尚，一隊一隊向佛堂走過去。

又等了一會，佛堂那面，響起了誦經磬聲、木魚聲，我低聲道：「差不多了！」

徐月淨點了點頭，我們要相互扶持着，才能站起身來，而站起身來之後，我們的雙腳根本已凍得麻木了，幾乎難以向前挪動！

我們仍然相互扶持着，向前走了幾步，從一扇角門，轉進了走廊，走廊中靜悄悄的，天還沒有亮，我們快步向前，奔了幾步，來到了智空和尚的禪房門口。

我先貼耳在房門口，向內聽了聽，聽不到有什麼動靜，就推開了門，智空和尚果然不在房間中。

在這樣緊要的關頭，徐月淨好像猶豫了起來，我連忙用力一推，將他推進了房間：「快，他那塊石頭，放在什麼地方？」

徐月淨向那個大木櫃的上面，指了一指。

我抬頭向上一看，拖來一張木凳，站了上去，再伸直了手，總算可以勉強碰得到那個抽屜的銅環，我拉住了銅環，將抽屜拉了開來。

我並不能看到抽屜中有什麼，只是踮着腳，伸手在抽屜中亂摸着，總算給我摸到了一個方形的盒子，我將那個盒子取了出來，低頭望着徐月淨。

徐月淨連連點頭，我連忙將盒子取了下來，推上了抽屜，跳下了凳子。

我將盒子打開來，只見盒中放着一塊石頭，在黑暗中也看不出那石頭是什麼樣子，我拿着盒子，塞在袍子的袖中，和徐月淨兩人退出了禪房。

當我們翻過了圍牆之後，一口氣不停奔下山去，天色才開始有點亮，一路急奔，我們都大口喘着氣，倒也不覺得冷了。

我們先在一個賣豆漿的攤子上，喝了一碗熱豆漿，喝得頭上冒汗。

當我們回到家中的時候，徐月淨家的傭人，用吃驚的眼光，望定了我們，我們一起來到了徐月淨的房間中，我道：「怎麼樣，我說一定可以成功的吧！」

徐月淨道：「快拿出來看看。」

我笑道：「你已經看過一次了，倒比我還心急！」

徐月淨道：「那東西實在太奇怪了，我也一直在想，上次我看到的，會不會是我眼花了。」

我自袖中將盒子取了出來，打開盒蓋，這時，天色已大明了，陽光從窗中照進來，是以我一打開盒蓋，就可以看到，那確然是一塊雨花台石，有拳頭般大小，一半紅，一半透明。

就算這塊雨花台石，沒有徐月淨所說的那種神異的現象，也是一塊令人見了，愛不釋手的有趣玩意兒。我將那塊石頭拿了起來。

徐月淨忙道：「快對着陽光看看，你就知道我絕不是騙你的！」

我將那塊石頭，舉了起來，使太陽照在石頭之上，在那剎那間，我也呆住了。

那塊雨花台石的半透明部分，在陽光之下，變得幾乎全透明，但也當然不是像水晶那樣的澄澈，不過，裏面發生的事，也看得夠清楚了。

我之所以選擇了「裏面發生的事」這樣近乎不通的句子，是有原因的，因為我一眼看去，就直接地感到，在那塊石中，有事情發生着。

當然，我絕對無法知道是發生了什麼事，但是我的確看到有事發生。

事情和徐月淨曾經形容的大致相若，但是徐月淨的形容本領，相當低能，他曾選用了「戰爭」這樣的字眼，也不是十分恰當。

正確地說，那應該是厮拚，是無情的厮殺和鬥爭。為什麼會給我以那樣的感覺，連我自己也有點説不上來，但是我所看到的情形，的確使我立時聯想到血淋淋的屠殺！

我看到，在那紅色的一部分，有着許多紅色的細絲，想擠到透明的那一部分來，而在那透明的一部分，則有許多乳白色的細絲，在和那種紅色的細絲迎拒着、糾纏着，雙方絕不肯相讓，有的紅絲或白絲，斷了開來，迅速消散，但立時又有新的紅絲和白絲，補充上去，繼續着同樣的廝殺和糾纏。

我真是看得呆了，沒有人可以否定那石頭中的這些細絲是活物，因為它們在動、在鬥爭。

我呆呆地望着那塊石頭，看了很久，緊張得我的手心在冒着汗，我彷彿是在空中參觀着一場慘烈無比的鬥爭，在小時候，我喜歡看黃螞蟻和黑螞蟻打仗，但是比起這雨花台石中的那種廝拚，螞蟻打仗，根本算不了什麼刺激的事了。

徐月淨一直站在我的身後，過了好久，他才道：「不是我眼花！」

我也喃喃地道：「也不是我眼花！」

徐月淨的聲音有點急促，他道：「這是什麼？怎麼在一塊石頭之中，會有那樣的事發生？」

我撐着頭，完全不知道應該如何回答才好，那全然是超出我知識範圍以外的事，我就想胡謅幾句，也是難以說得出口。

我只好道：「我不知道，真是太奇怪了，那些東西明明是活的！」

徐月淨道：「是的，他們在互相殘殺！」

我的手有點發抖，我將那塊雨花台石放下來，放在桌子上。

當那塊雨花台石離開了陽光的照射之後，透明部分沒有那麼明亮，也看不出石中有什麼特殊的變化，我們兩人互望着，一句話也說不出來，過了好久，我才道：「想法子剖開來看看！」

徐月淨連忙道：「不可以，如果裏面那些東西走了出來，那怎麼辦？」

我道：「那只不過是些細絲，怕什麼？」

徐月淨駭然道：「或者它們見風就長！」

我聽得徐月淨那樣說法，忍不住「哈哈」大笑了起來，徐月淨的話，實在太可笑了，他將石頭中的那些細絲，當作是孫悟空的金箍捧，會見風就長？

可是，我只笑了一半，就笑不出來了。

我之所以在突然之間，收住了笑聲，並不是因為徐月淨瞪大了眼望着我，一副憤怒的神氣，而是我在突然之間想到，事情一點也不好笑！

真的，在石中的那些兩色細絲，究竟是什麼東西，我一點也不知道。對自己一無所知的東西，又怎知道它不是見風就長的怪物，怎可立時否定徐月淨的話？

徐月淨畢竟是老實人，他見我不再笑了，憤怒的神色也緩和了許多，他道：「我們還是別弄壞這塊石頭好，你也看夠了，將它送回去吧！」

我連忙道：「不，如果不將它剖開，怎能夠研究石頭裏面的那些細絲是什麼？」

可是這一次，徐月淨像是打定了主意，再不聽我的撥弄，他大聲道：「不行，我一定要將它送回去。」

我撇着嘴：「你這人真是沒出息，一點研究精神也沒有。」

徐月淨呆了一呆，忽然嘆了一口氣，講出了幾句十分有哲理的話來，他道：

「唉，你口口聲聲研究，我們不能明白的事實在太多了，而且，決不是每一件事都是可以研究得出道理來的。」

我無法反駁徐月淨的那幾句話，所以我呆住了不出聲，那時，我的手中緊握着那塊雨花台石，而當我緊握着那塊雨花台石的時候，我更可感到一種發自石頭內部的輕微的顫動，那塊石頭，真是「活」的！

自然，我對於這種輕微的震動，在開始的時候，覺得十分奇特，然而當我再一次在太陽光下審視那塊石頭的透明部分，看到它內部那種紅色和白色的細絲，那樣糾纏不休，狠狠苦鬥的情形。我覺得，石頭的內部有着如此慘烈的爭鬥，而外面的感覺上，只是那麼輕巧的顫動，實在太不足為奇了。

徐月淨一直在我身後催促着，要將石頭送回去，我也決定了不去理會他。

我決定非但不將石頭送回去，而且，還要召集更多的人來研究，這塊奇怪的雨花台石之內，究竟有着什麼東西，當然我還未將我的決定對徐月淨講出來，因為我知道，如果我說了的話，徐月淨一定會和我大吵特吵的，我決定欺騙他。

而就在這時候，徐月淨的老僕人在門口叫道：「少爺，老爺叫你出去！」

徐月淨沒好氣地道：「什麼事？」

老僕人在門外邊：「金山寺有一個和尚來找你，老爺正陪他在客廳説話。」

徐月淨一聽，臉色就變了，他呆了好一會，才道：「好，我就來了！」

他一面説着，一面立時伸手抓住了我的手臂：「糟糕，智空師父來了！」

我也嚇了一跳，但是我仍然安慰自己：「怎知道一定是他，金山寺有許多和尚。」

徐月淨道：「不論怎樣，既然是指名來找我，那八成是智空師父，我一個人不敢去，你一定要和我一起去，事情是你鬧出來的。」

想起來的確可能是智空和尚，想到我偷了他的東西，我心裏也不禁有點發寒！但是我是一直在學校裏充大人物充慣了，想起如果臨陣退縮的話，以後講話嘴也不響了，我只好硬着頭皮：「好，去就去！」

我將那塊雨花台石塞進了袍子袋中，就和徐月淨一起走了出去。

我一面在心中盤算，該如何應付，一面又在希望，來的不是智空和尚。可是當我和徐月淨一走進了客廳，抬頭一看時，不禁倒抽了一口涼氣！

幸而智空和尚滿面笑容，正在和徐老伯談話，我們進去時，他只是望了我們一眼，並沒有什麼發怒的樣子，所以我雖然心跳得十分劇烈，總算還不至於當場出醜。

我們一進去，智空便叫了徐月淨一聲，又和我點了點頭，徐老伯道：「師父找月淨有什麼事？」

智空道：「沒有什麼，只不過我下山來了，想起他，隨便來談談。」

徐老伯又客套了幾句，拱着手進去了，智空和尚望着我們，嘆了一口氣：「好了，趁你們還未闖出大禍，快拿出來吧！」

徐月淨一聽，早已漲紅了臉，我還想抵賴：「拿什麼出來啊？」

智空和尚再嘆了一聲：「我真替你難過，看來你也是好出身，又受過教育，怎會做了這種見不得人的事，又沒有勇氣承認。」

我被智空和尚的那幾句話，說得臉上像被火燒一樣，熱辣辣地發燙，我低下頭去，呆了片刻，才決定承認自己的錯誤。

當我有了這樣的決定，再抬起頭來時，我反倒覺得坦然了，我道：「是的，我偷了那塊石頭，因為徐月淨對我說起了那塊石頭，我的好奇心實在太強烈了，所以，我才偷了。」

智空吸了一口氣，道：「那很好，你快拿來還給我。」

我將那塊石頭取了出來，智空連忙接在手中，略為看了一下：「謝天謝地。」

看他的情形，倒像是他接在手中的，不是一塊石頭，而像是一個隨時會爆炸的手榴彈一樣！

智空站起身：「我告辭了。」

我連忙道：「大師，你可否容我問幾個問題？」

智空搖頭道：「你最好什麼都不要問。」

我道：「大師，你剛才教訓得我很對，但是我的好奇心得不到滿足，又有什麼用？」

智空和尚望了我一眼，小心翼翼地將那塊雨花台石，放在他帶來的那隻布袋中，抽緊了布袋的口子，站起身來，向門口走去。

我大聲道：「大師，你將知道的事，只是一個人藏在心裏，那算是什麼？」

智空和尚頭也不回地走了，徐月淨一直在向我擺着手，叫我別再出聲，可是，我已經看出，智空和尚對那塊古怪的雨花台石，一定知道許多秘密，而那些秘密又是我極想知道的，我一定要請他將那塊雨花台石的秘密講給我聽。

我不理會徐月淨的手勢，追了出去，一直追到了徐月淨家的大門口，我伸手拉住了智空和尚袈裟的袖子：「大師，你為什麼不肯對我說？」

智空和尚轉過頭來望着我，他的神情十分嚴肅，他望了我好一會，才道：「你年紀還很輕，何必要知道那麼多古裏古怪的事？」

我道：「這塊石頭太奇怪了，如果我不知道它的秘密，我一定……一定……」

我一時之間，實在不知道如何措詞，方能表達我如此急切想知道那塊雨花台石的秘密的願望。

而智空和尚不等我講完，他掙開了他的衣袖：「你不必說了，我不會講給你聽的，而你也只不過是一時好奇，過幾天你就會忘記。」我那時畢竟還年輕，幾經請求，智空和尚仍然什麼都不肯説，我不禁有點沉不住氣，大聲道：「好，你不説也不要緊，我到處去對人家説，你有一塊那樣古怪的雨花台石，叫你不得安寧！」

我在那樣説的時候，當然是看不到自己的模樣，但是我既然講話如此不講理，我的樣子一定也不會好看，多半像一個小流氓，這一點，我可以從智空和尚臉上的神色看出來。

智空和尚皺着眉，他並沒有發怒，從他的神情上，只是十分可惜。而那時，徐月淨也趕了出來，大聲道：「衛斯理，你別沒有禮貌。」我道：「我一定要知道那雨花台石的秘密。」

徐月淨伸手來拉着我，我用力地掙脱着，徐月淨突然將我一推，我跌倒在雪堆上，這時候，我多少有點老羞成怒了，是以我才一跌倒，立時又疾跳了起來，撲向徐月淨，兩個人在雪地上扭打成一團，直到徐老伯走出來，大聲道：「咦，兩個好朋友，怎麼打起架來了？」我們才一起站起身來。

這時，不但我們的身上沾滿了雪，雪還從我的衣領中、衣袖中鑽了進去，又冷又濕，狼狽之極，我狠狠地瞪着徐月淨，徐月淨也望着我。

徐月淨的怒意不如我之甚，但是看他的情形，他也顯然沒有向我道歉的意思。

徐老伯看着我們兩人，像鬥公雞似地站着，他不覺笑了起來，道：「來，好朋友打過就算了，拉拉手，仍然是好朋友。」

看徐月淨的情形，他已經準備伸出手來了。我認為徐月淨不幫着我，反倒幫着智空和尚，那不夠朋友之極，根本不值得我再和他做朋友了。

年輕人總是衝動的，我尤其衝動，我不等徐月淨伸出手來，就轉過身，大踏步向前走了。

我不知道徐月淨在我身後的表情如何，我只是決定了不再理睬徐月淨，所以我向前筆直地走着，直至來到了碼頭，上了船，進了城，立時又過了江，回到了自己的家中。我回家之後，仍然生了好幾天的氣。

接下來的十來天，我真是無聊透頂，幸而假期很快就過去，又開學了，同學們又見了面，大家嘻嘻哈哈，自然十分有趣。

可是我仍然不睬徐月淨，我想，徐月淨是老實人，一定會主動來逗我的，我自然可以和他言歸於好。

然而，出乎我意料之外的是，徐月淨竟然一直不來逗我，他不但不睬我，而且一看到了我，就一直以十分憤怒的眼光看着我。

這真使我感到大惑不解了，我想來想去，雖然我和他在雪地上打了一架，但是以他的為人來説，實在不應該惱我如此之久的。

然而，他一直不睬我，直到開了學一個月之久，我實在有點忍不住了。

那天，在操場上，我看到他一個人站在樹下，我想了一想，向他走了過去，故意在他身上，撞了一下。

徐月淨轉過身來，仍然用那種憤怒的眼光望着我，我叉着腰：「怎樣，是不是要再打一架？」

徐月淨立時厭惡地轉過頭去，看來，我先向他説了話，他仍然不睬我！這倒使我有點氣惱了，我冷笑着：「為了一個和尚那樣對待好朋友，你倒真是和尚兒子，一點不假！」

徐月淨倏地轉過頭來，狠狠地瞪着我，「呸」地一聲，吐了一口口水：

「你不是人，你可知道你自己做了什麼？」

我大聲道：「我做了什麼？我取了那塊石頭來看看，不是還給了他麼？我只不過要他講出那塊石頭的秘密，他當和尚的那麼鬼祟，怪得我麼？」

徐月淨厲聲道：「可是你威脅他，要將那塊石頭的事去和人家說，叫人家去煩他！」

我道：「我只不過說說而已，又未曾對人講過！」

徐月淨重重頓着足：「可是你的話，已經將他趕走了！」

我呆了一呆，因為我實在不知道徐月淨那樣說，是什麼意思。我道：「那天我們打架，他趁機走了，我再也沒有見過他，怎麼說我將他趕走了？」

徐月淨的神情像是想哭，他道：「自那時起，誰也不曾見過他！」

我連忙道：「你這樣說是什麼意思，他沒有回寺去？」

徐月淨道：「當天下午，我就到寺裏去看他，他沒有回去，第二天我又去看他，他仍然沒有回去，之後，我每天都去一次，但就是見不到他，那天他離開之後，他根本沒有回寺去，他走了！」

我在這時也多少有點內疚，感到智空和尚的失蹤是和我有關的。

但是我口中卻不肯承認，我道：「當和尚的雲遊四方，是很普遍的事，有什麼了不起？」

徐月淨嘆了一聲，轉過身去，他的聲音變得十分哀傷：「我知道他逃避我們，他自小在金山寺出家，但是我們卻將他逼走了，他為了避開我們，離開了金山寺，只帶着那塊石頭。」

我呆了半晌，伸手搭住了徐月淨的肩頭：「月淨，算是我不好，然而你想想，如果不是那天在禪房之中，你提起了那塊石頭，又怎會有這一連串的事情發生，算了，我們仍然是好朋友。」

徐月淨轉回身來，我知道在我那樣說了之後，徐月淨是一定會接受我的話的，果然，他和我握了握手：「只是我們真對不起智空和尚。」

我道：「不知道那塊石頭真有什麼秘密，他竟寧願離開了自小出家的金山寺，也不願讓人知道。」

我接着又道：「你放心，當和尚的，到哪一個寺中，都可以掛單，他的生活不會有問題的！」

而徐月淨仍然不住嘆着氣。

以後，當我和徐月淨一提起這件事的時候，他也總是嘆着氣。

日子飛快地過去，我們離開了學校。在離開學校之後，我過的生活和徐月淨完全不一樣，他回到了鎮江，幫他的父親管理舖子，而我在上完學之後，又經歷了不少古怪的經歷，到過不少地方。

智空和尚說的話，幾乎每一句都很有道理，但是他卻說錯了一句話，他以為我會過幾天就忘記了那塊雨花台石的事，然而事實上，我一直記得那塊雨花台石，我也一直想找到智空和尚。

所以，當我有機會經過名山大刹時，我總要去造訪一番，希望能夠再見到他。

但是，我卻一直失望，我拜訪了不知道多少廟宇，就是未曾再見到智空和尚，反倒使我有機會遊歷了不少寶刹，增廣了很多見聞。

以後，我經歷過更多不可思議，稀奇古怪的事，但是，我總不能忘記那塊奇怪的雨花台石。那塊雨花台石中那種細絲的糾纏，始終留給我一個驚心動魄的印象，我一直在直覺上，認為那是性命相撲、血肉橫飛的爭鬥，雖然那只不過是兩種顏色不同的細絲的扭結，但是在我的感覺上，那實在比大屠殺還要慘烈得多。

因為找不到智空和尚，我自然也一直無法知道這塊雨花台石的秘密。

在以後的日子中，我和很多人提到過那塊雨花台石的事，其中包括生物學家、天文學家、太空科學家等等。我獲得一個最中肯的解答，是一位專門研究太空生物的科學家的意見。

他的意見是：雨花台石既然是來自太空的隕石，那麼，什麼樣意想不到的事都可能發生，因為外太空的一切，在人類知識領域上，還是一片空白。那塊石頭之中，可能有着外太空來的生物。

至於那種生物為什麼會在石頭內，作如此不斷的糾纏，那位太空生物學家也說不出什麼名堂來。

在沒有進一步的解釋之前，我也只好接納他的解釋，因為那總算是一個答案了。

第三部

為了石頭博士皈佛

這是上半部的故事，以下是下半部的故事了。

在看了上半部的故事之後，各位讀友一定已可以想到，下半部的故事是從我又遇到了智空和尚開始的，不錯，可以說是那樣，但是，其中還有小小的曲折，必須交代一下。

在那以後，我又經歷了許多古怪的事，有許多人知道我遇到了什麼奇怪的事，就算是不認識我的話，也會自動找上門來，或者託人介紹，與我相識，將他認為古怪的事情告訴我，更有的，自遠地寄信來向我敘述一些怪事，然而，我再遇到智空和尚，卻不在這種情形之下，可以說全然是一個偶然的機會。

一個春光明媚的下午，垂釣於郊外的一條小溪中，那小溪很清澈，可以看到水底的許多鵝卵石，其中也不乏有着彩色條紋的石子。

這種鵝卵石使我自然而然想起雨花台石，而一想起雨花台石，我就想起了那最奇怪的一顆。我的心情不免有點亂。

釣魚最不能亂心，我收走了釣杆，準備回去，就在我站起身來的時候，我看到在對岸，有一個僧人走進了一片竹林。

那僧人和普通的和尚一樣，穿着灰撲撲的袈裟，但是我看到了那僧人的背影，心中就不禁陡地一動，那背影看來太像當年的智空和尚。

一時之間，我幾乎想大聲叫了起來，但是我一轉念間，並沒有叫出聲，因為我想世事不會那麼湊巧，我剛想起那塊雨花台石，就見到了智空和尚，那實在是不可能。

因為時間已經相隔了那麼多年，而且，地點也隔了幾千里，真的有那樣的巧事，我又會在一個偶然的機會中，見到智空和尚？

就在我心中略為猶豫之際，僧人已經走進了竹林，他的背影也被竹林遮住，看不見了。

我雖然想着事情不會那麼巧，但是心中仍然不免疑惑，暗忖我追上去看一看，總不會錯的。於是，我踏着小溪上高出水面的石塊，過了溪水，也進了竹林，等我穿出了竹林之後，我看到那僧人仍在前面，慢慢走着，我急步追了上去。

由於我的腳步聲十分急促，所以那僧人也發覺有人追上來了，他站定了身子，轉過頭來看我。

他一轉過頭來，我就失望了，那絕不是智空和尚，雖然事隔多年，但如果站在我面前的是智空和尚的話，我一定可以認得出來的。然而，那僧人不是。

那僧人望着我，微笑着，態度很和藹：「有什麼指教？」我急忙道：「對不起，我認錯人了。」

那僧人笑道：「我是和尚，你要找的人，也是和尚？」

認錯人的事很平常，但是認錯一個和尚，這事情多少有點奇特，是以那僧人才會那樣問我。本來，我已想走了，可是我聽出那和尚的口音，正是淮揚一帶的口音，我心中略動了一動，也用鄉音道：「是的，我在找一位大師，他以前是在金山寺出家的。」

那僧人高興起來：「金山寺，我也是在金山寺出家的，你要找哪一位？」

我道：「上智，下空，智空大師。」

那僧人喜得雙手合十：「原來是智空師兄。」

接着，他又用奇異的眼光望着我：「智空師兄並沒有方外的親人，你是……」

我嘆了一口氣：「我可以算是他的朋友，我是很久以前認識他的，那時，他還在金山寺。」

那僧人道：「是啊，那真是很久以前的事了，智空師兄有一天離開了寺，一直沒有回來，也沒有人知道他去了何處。」

我連忙道：「你也不知道？」

那僧人搖了搖頭：「不知道。」

我感到很失望，但是我想，他和智空和尚俱是僧人，由他來打聽智空和尚的下落，一定會更方便，這本來已是沒有希望的事，但姑且拜託他一下，也不會有什麼損失的。是以我取出了一張名片來：「師父，這些年來，我一直想再見智空和尚一面，有一點很重要的話，要對他說，如果你有了他的消息，請通知我。」

那僧人接過了我的名片，無可無不可地道：「好的，我通知你。」

我和他又談了一些金山寺的風光，我發現僧人雖然說四大皆空，但是對於自小出家的地方，還是十分懷戀，我相信智空和尚也不會例外，但是當年他卻毅然離開了金山寺，由此可知，那一定是十分嚴重的事，逼得他不能不離開了！

我和那僧人分了手，回到家中，又過了幾天，我根本不對這件事寄任何希望，那天晚上，我正在書房中，白素忽然走了進來，神色古怪。

我只向她看了一眼，就知道一定有什麼事發生了，我還未開口詢問，她就道：「我知道你有各種各樣的朋友，但是卻不知道你有和尚朋友。」

一聽到「和尚」兩字，我的心中陡地一動，直跳了起來：「什麼意思？」

大約是我的神態，緊張得有點滑稽，是以她笑了起來：「別緊張，我只不過想告訴你，有一個和尚來找你，現在在客廳。」

我急忙道：「我正在等着和尚來找我，記得我向你提起過那塊神奇的雨花台石？我想，這個和尚來了！一定會有點眉目了。」

我曾好幾次向妻子提及智空和尚那塊雨花台石，是以她也有極深的印象，我一說，她就明白了，但是她的神情卻多少有點疑惑，她道：「那只怕你要失望了，來的那個和尚，年紀很輕，決不會超過三十歲。」

我「哦」地一聲：「不管他是誰，我先去和他見見面再說。」

我一面說着，一面已向外走了出去，到了客廳中，我看到一個和尚，背負雙手站着，正在欣賞壁上所掛的一幅宋人所作的羅漢圖，從他的背影看來，他的身形很高，我咳嗽了一聲，那和尚轉過身來。

果然，他很年輕，不會超過三十歲，而且，他的神情叫人一望而知，他是一個極有學問的知識分子，他看到了我：「施主？」

我道：「不錯，閣下是……」

那和尚道：「我法名幻了，聽說你正在找尋我的師父……」他講到這裏，略頓了一頓，又道：「智空師父！」

我連忙道：「是的，我找智空師父已經很多年了，自從他那一年突然離開了金山寺，我就一直在找他，你請坐，很歡迎你來。」

幻了坐了下來，他的聲音很低沉：「是的，我聽師父講起過那件事，同時，我也久聞你的大名。」

我呆了一呆，連客氣話也顧不得說了，我急忙道：「你知道這件事？那麼，你一定也知道那塊雨花台石了，是不是？」

幻了點了點頭。

我的氣息，不由自主，有點急促，我連忙又道：「那麼，你見過那塊石頭？」

幻了又點了點頭。

我深深地吸了一口氣，我實在不知道有多少話想說，但是一時之間，我卻不知道說什麼才好。

幻了也不說話，我們兩人都不開口，沉默了好久，幻了才道：「智空師父很想再見見你，你高興和他會面麼？」

我連忙道：「當然高興，他在哪裏？」

幻了道：「他在一間小寺院中作住持，那寺院實在太小了，只有我和他兩個人。」

我道：「請帶我去。」

幻了站了起來，我和他一起出了門口，上了車，在我駕駛着車子前往幻了所說的那個寺院途中，我有點好奇地問道：「請原諒我的唐突，你……我好像……」

幻了轉過頭來望着我，我一時之間，不知道該如何措詞才好。

幻了卻像是知道我想問他什麼一樣，他笑了笑，道：「你可是想問我，為什麼我會當和尚，是不是？我看來不像和尚麼？」

我連忙道：「不是，當然不是這個意思，不過，看來你受過高深的教育。」

幻了很謙虛地笑着：「可以說是，我有着三個博士學位。」

我沒有再出聲，一個有着三個博士學位的人，出家當了和尚，那一定是有着一段很傷心的事了，我當然不能再問下去了。

可是幻了卻又笑了起來：「請不要誤會我曾經殺過人，或者失過戀，我之所以跟着智空師父皈依佛法，完全是為了……」

他講到這裏，又頓了一頓。

那時候，我為了想聽他為什麼要皈依佛法，轉過頭去望着他，一時之間，竟忘了我是在駕車，我實在太忘形了，以致車子「砰」地一聲，撞在電燈柱！

幸而這一撞並不大嚴重，我們兩人齊齊震動了一下，我連忙後退車子，幻了笑道：「你在駕車，我還是別和你多說話較好。」

我將車子繼續駛向前：「不，你得告訴我，不然，我會胡思亂想，更不能集中精神駕車了！」

幻了的態度很鎮定、悠閒，好像不論什麼事，都不會放在他的心上一樣，他的那種鎮定、閒散的態度，和我的那種心急、忙亂，恰好相反。

他點了點頭：「說來也很簡單，我皈依佛法，完全是為了那塊石頭。」

我陡地一震，車子又連跳了好幾下，我失聲道：「就是那塊雨花台石？」

幻了點着頭：「是。」

我在那一時之間，實在不知道說什麼才好。不錯，那塊雨花台石可以說是奇怪到極點的東西，叫人一看之下，終生難忘，事實上，這些年來我不斷地在想着那塊雨花台石的古怪之處。

但是，這塊雨花台石，究竟有什麼力量，可以使一個有着三個博士學位的年輕人，當了和尚呢？

我當然回答不出來，而這個答案，除非是幻了自己講出來，世界上根本沒有人猜得到！

我將車子駛到路邊，停了下來，雖然我急於和智空和尚見面，但是無論如何，還是先得將這件事弄清楚了再說。

幻了看到我停下車，他道：「好的，我詳細地和你說一說。」

我連忙道：「真對不起，這塊石頭令我思索了多年，沒有任何答案，我實在忍不住我的好奇心。」

幻了淡然笑着：「不要緊，我也一直想找人和我共同解釋這塊石頭之謎，可是一直找不到人，我想你是最合適了！」

我也老實不客氣：「你真算是找對了人！」

幻了和尚抬頭望着車頂：「我的父親是一個老式人，雖然他送我到外國去留學，學習最新的科學，但是他卻是一個老式人，他篤信佛學，和智空師父很談得來，所以我是從小認識智空師父的，那時在寧波，智空師父在育王寺。」

我點了點頭，智空師父在離開了鎮江金山寺之後，原來曾在育王寺住了些時間，育王寺僧人三千，我又不是存心去尋找，當然不知道他的蹤迹了。

幻了又道：「在我學成歸來之後，又見到智空師父，我之所以見到那塊石頭，本是很偶然的，有一天，我父親叫我去請智空師父來，我到了他住的地方，看到他正全神貫注地在看一塊石頭，口中還在喃喃自語。」

我忍不住插言道：「原來這些年來，他一直保存着那塊雨花台石。」

幻了和尚並不理會我的插言，自顧自地說下去：「那時，他正將石頭放在陽光之下，我走近去，他也不知道，而我也立即看到了石頭之中，有什麼東西在動！」

他講到這裏，又停了一停，才望着我：「你也看到過那塊石頭，自然明白當時我心中的驚訝。」

我立時點了點頭，只有曾看到過那塊石頭的人，才知道一個人看到了那塊石頭之後，心中的感受如何。

我道：「當時智空師父如何？」

幻了道：「智空師父立時收起了那塊石頭，但是我卻一定要他拿出來給我仔細看一看，智空師父考慮了很久，才將石頭交到了我的手中，那時，我完全被這塊石頭中發生的事迷住了。當天，我將石頭還給了智空師父，請他去和我父親長談，但是我實在無法忘記那塊石頭，以後，我幾乎每一天，都和智空師父在一起，我提出有關那塊石頭的種種問題，並且提議智空師父，將這塊石頭剝開來，交給第一流的科學研究機關去研究。」

我連忙道：「他答應了？」

幻了搖着頭：「沒有，他沒有答應，他只是告訴我，這樣的石頭，本來共有兩塊。」

我呆了一呆，這是我一直不知道的事。事實上，當年我和徐月淨一起偷了那塊石頭之後，智空師父追來，將那塊雨花台石拿了回去，他根本未曾說過任何有關那塊石頭的話。

我失聲道：「有兩塊？還有一塊呢？」

幻了略呆了一呆，他像是正在考慮，是不是應該告訴我，他最後決定了對我說，他道：「另一塊同樣的石頭，造成了一次大慘劇！」

我更是驚訝莫名了，我連忙道：「大慘劇，那是什麼意思，快告訴我！」

幻了卻不肯再說下去：「這件事，還是等智空師父告訴你吧！」

我急道：「他不會對我說的，當年，我在金山寺中，偷了他那塊石頭，他什麼也沒對我說！」

幻了笑了笑：「現在不同了，他一定會對你說，而且，由他來對你說，要好得多，因為他是身歷其境的人，而我只不過是轉述，說起來，一定沒有他說得那樣逼真、動聽！」

我不禁嘆了一口氣，好吧，幻了既然不肯說有關那另一塊同樣的雨花台石所造成的「慘劇」，那麼，至少我還可以知道他何以為了那塊雨花台石而當了和尚。

幻了繼續道：「智空師父雖然不同意我的辦法，但是他卻同意由我和他兩人來研究這塊石頭，我是一個受過嚴格科學訓練的人，而且，對科學有着一份難以形容的狂熱，有這種狂熱的人，愈是對自己不明白的事，便愈是想弄明白！」

我點頭道：「是的，我雖然未曾受過科學的訓練，但也有着同樣的狂熱。」

幻了微笑着：「在一年之後，我仍然不能對這塊雨花台石，作出任何結論，那時，我父親死了，而我又沒有了任何的牽掛……」

我望着他，沒有任何的牽掛，這並不造成一個人出家做和尚的理由！

不待我發問，幻了又道：「在我沒有任何結論之時，智空師父告訴我，要解釋這塊石頭的奇異現象，科學是不足以解釋的，只有佛法才能解釋，我相信他的話，於是便拜他為師了！」

我聽到這裏，不禁苦笑了一下。

難怪幻了剛才聽我說，我也同樣有着狂熱時，他微笑了，他並沒有反駁我，說我其實並沒有狂熱，而現在他的話卻等於告訴了我，我那自以為的「狂熱」，簡直未入流，要像他那樣，才是真正對一件古怪的事，有着尋根究底的狂熱的人！

他為了要探索那塊雨花台石的究竟，竟不惜出家，當了和尚。

但是，儘管我對他的這份狂熱，有着衷心的欽佩，但是我對他的做法卻不同意。

我吸了一口氣：「請原諒我，我是一個相信科學的人，現在你已經皈依佛法，請你照實回答我，你真的認為，科學不能解釋的事，玄學就可以解釋麼？」幻了皺起了眉，不出聲。

我又道：「請原諒我將佛學稱為玄學。」

幻了搖着頭：「不要緊，佛學本是玄之又玄的學說，不要緊。」

我逼問道：「你做了和尚之後，有什麼心得？」

幻了抬起頭來：「佛能納須彌於芥子，我覺得這塊雨花台石中的情形，就是我們所處的整個世界的一個縮影！」

我眨着眼睛，因為在一時之間，我實在不明白他那樣說，是什麼意思。

幻了嘆了一口氣：「你看過那塊石頭，在石頭中，紅色的細絲和白色的細絲在糾纏着，想要消滅對方，如此不結不休，這和我們的世界上，人與人之間，幾千年來，一直在不停地互相殘殺，又有什麼不同？」

我呆了一呆，接不上口。

幻了又道：「如果有一個奇大無比的人，又如果有一個奇大無比的容器，能將所有的人都放在這容器之中，而那個巨人，在外面觀看人類的互相殘殺，那種驚心動魄的情景，不正如我們將那塊雨花台石放在陽光之下，看着它內部的情形麼？」

我張大了口，仍然出不了聲。

幻了在開始講的時候，我就接不上口，那還只不過是因為我覺得他所説的，實在太玄，太不可思議的緣故。可是等到他再講下去的時候，我出不了聲，那卻是因為我驚訝於他比擬之貼切，使我難以反駁！

幻了吁了一口氣：「或許你不十分同意我的說法，但那的確是我的想法！」

我想了片刻，才道：「我十分同意你的説法，但是你的說法，只是解釋了一個現象，並未能説明那雨花台石的實質、來源和它裏面的究竟是什麼！」

幻了搖着頭：「對的，這便是玄學，就科學而言，只能知道一樣東西的本質，卻無法了解到這樣東西的精神！」

我點頭同意幻了的話，我道：「那麼，智空師父要再見我，是為了什麼？」

幻了道：「當然是為了那塊石頭，你現在可以駕車子了，離開市區，向左轉！」

我開動了車子，向前疾駛，在郊區的公路上，依照着幻了的指點，半小時後，車子停在山邊，有一條小路通向山上。

幻了和我一起下車，踏上了那條小路，這裏十分僻靜，幾乎一個人也遇不到，而那條上山的小路，其實也根本不是路，只不過是生滿了野草，依稀可以辨認的一個痕迹而已。

我們花了半小時，才來到半山的一個坪上，依着山有幾間屋子，那根本不能說是寺院，但是它的環境，卻極其清幽。

幻了來到了屋前，推門走了進去，正中的一間屋中，有着一具十分別緻的佛像，是青銅塑的，和尋常寺院中的佛像，截然不同。簡直是一件線條優美、古拙、樸實之極的藝術品。

幻了看到我注意那佛像，也頗有得意之色：「那是我的作品。」

我奇怪地望着他：「你不是學科學的？」

幻了笑道：「那是我的業餘嗜好，我也發現，如果不是我當了和尚，我決塑不出那麼好的佛像來。」我沒有再說什麼，我發現他說自己是因為那塊雨花台石而當了和尚的這種說法，多少有點牽強，他當和尚的真正原因，是因為他對佛學有了極其深切的愛好。

我跟着他穿過了那佛堂，來到後面的一間屋子前，幻了道：「師父，有客人來了。」

我立即聽到了一個熟悉的聲音，那聲音和多年前，並沒有多大的變化，我像是依稀又回到了二十年前，和徐月淨一起在金山寺的一間禪房門口，我聽到了智空和尚的聲音：「進來！」

幻了推開了門，我看到了智空和尚。

智空和尚老了許多，但是他的精神仍十分好，他在一張桌前抄着經書，那情形和我第一次見到他的時候一樣。

門一打開，他擱下筆，抬起頭來望着我，我們互相打量着。

過了好一會，智空和尚才笑着：「真認不出是你了，你變了很多，有月淨的消息麼？」

我搖了搖頭：「一直沒有，智空師父，你倒還是老樣子，自從你突然離開了鎮江後，月淨幾乎將我當作仇人，很久不睬我。」

智空和尚嘆了一聲：「那是我不想這件事再被人知道！」

我有點慚愧，道：「事實上，我也未曾對任何人說起過你有那樣的一塊石頭。」

智空和尚呆了半晌：「我聽得很多人提起過你的名字，這些年來，你遇到了不少怪事！」

我道：「是的，但只怕沒有一件及得上你那塊雨花台石。」

智空和尚又呆了半晌，才道：「幻了一定已對你說過了，我聽到你在找我，我想再見你，是我感到當年的慘劇，只怕要重演了！」

智空和尚在那樣說的時候，聲音和神態都顯得極其嚴肅，以致我雖然不知道他口中的「慘劇」，究竟是怎麼一回事，但是卻也有一種心驚肉跳之感。

第四部

「我不入地獄誰入地獄」

我連忙道：「我不明白你說的是什麼意思。」

幻了在一旁道：「關於那慘劇，我未曾對他說，師父不妨先告訴他！」

智空和尚點着頭，指着一張竹椅，請我坐了下來，他道：「這件慘事發生在你第一次見到我的兩年之前，那一年，我到南京和一位高僧共遊，他是一家寺院的住持，我們兩人共遊雨花台時，拾到了那樣的兩塊雨花台石，深覺奇怪，一人分了一塊，他的那塊和我那塊，稍有不同之處，是在紅色的部分，有着指甲大小般深紅色的一塊，那深紅色的一點中，似乎擠着許多在蠕動的細絲，就像我那塊雨花台石現在的情形一樣！」

智空和尚講到這裏，向幻了望了一眼。

幻了立時走向一個木櫃，打開櫃子，將那塊雨花台石取了出來。

在幻了取出那塊雨花台石之際，智空不住地道：「小心！小心！」

而幻了的神情也像是他所捧着的，不是一塊石頭，而像是什麼名瓷一樣。

幻了將石頭交到了我的手中，我接了過來。那塊雨花台石和二十年前，我曾仔細看過時並無什麼不同，但是正如智空和尚所言，在它的紅色部分，有一個更深的紅色斑點，在那個紅色斑點中，好像聚集着許多細絲，正在緩緩動着。

這樣的一個深紅色的斑點，是以前所沒有的。

我抬起頭來：「這是什麼意思？」

智空道：「你將石頭放下來，輕輕地放。」

我輕輕地將石頭放在桌上，智空和尚的神情更嚴肅，他道：「當晚，我們回到寺院，那位高僧翻來覆去地和我看着那兩塊石頭，我們相互都說了很多極其感嘆的話。」

智空和尚並沒有說出當時他和那位高僧說了一些什麼感嘆的話，但是可想而知，那一定是和幻了在車中對我所說的類似說話。

智空和尚又道：「就在那天晚上，我已想告辭了，那位高僧將他的那塊石頭，湊近燭火，仔細地看看，我看得很清楚，當燭火碰到他那塊石頭上的紅色斑點時，那斑點突然破了。」

我本來是坐着的，可是聽得智空和尚講到這裏，我不由自主地站了起來。

我在站了起來之後，失聲道：「裏面的東西，全都走出來了？」

智空和尚深深地吸了一口氣：「不是全部，只是在那紅色的斑點中，有許多極細的、每條一寸長短的細絲，湧了出來，那高僧還握着這塊石頭，當他聽到那一下破裂的聲音，翻轉手來看時，那些細絲移動得十分快，已經到了他的手上，他驚訝地抬起頭來看我，我那時也嚇得呆住了，就在他抬頭向我一看間，我看到那些紅絲，全都隱沒在他的手中。」

我愈聽愈是吃驚，不由自主地感到了一股寒意。

智空和尚又道：「他陡地一震，碰到了桌子，燈台打翻，我聽到他叫道：『智空，快走』我向他走過去，只看到他的手中仍握着那塊石頭，瞪着眼，只是叫我快走，我看他的樣子，像是極其痛苦，所以我不忍拂逆他的意思，就退了出來。」

我聽到這裏，不禁嘆了一聲：「你實在不該退出去的！」

智空和尚嘆道：「的確是，我退了出來之後，在門外問了他好幾聲，他都沒有出聲。」

智空和尚講到這裏，面上的肌肉在不由自由地跳動着，他續道：「當我發覺門窗有濃煙冒了出來時，已經遲了。」

我聽得他講到了這裏，也不禁一呆：「怎麼忽然有濃煙冒出來？」

可是智空和尚卻像是根本未聽到我的話一樣，只是雙眼發直。

智空和尚在不住地喘氣，我看情形不妙，智空和尚已上了年紀，不要有了什麼意外，我連忙道：「你……」

可是我只講了一個字，幻了便向我擺着手，示意我不要出聲。我想起幻了是聽過智空講起那件慘事的，他一定知道，智空每當講到緊張的時候，一定會有這種神態出現的，是以他不足為奇。

我停住了口，不再出聲，只見智空和尚又喘了好一會，才道：「太遲了，那時真的太遲了，我應該和他在一起，不應退出房間來的。」

他那幾句話，聽來像是在自言自語，我仍然不出聲，只聽得他又道：「當我發覺門縫中、窗隙間都有煙冒出來時，我一面大聲叫着，一面撞着門，等我將門撞開時，房間全是火。」

智空和尚的呼吸更急促，他又道：「那時，寺院中其他的僧人，也被我的叫聲驚動了，他們一起趕來了，但是滿房間都是火，都是煙，大家吵着，也沒有人敢衝進去，只有我不顧一切衝了進去，我……衝進了房中，看到的情形，實在太可怕了！」

智空和尚講到這裏，連聲音都變了，這時，連我也不禁緊張了起來：「你，你看到了什麼？」

智空和尚面上的肌肉，跳動得更劇烈，他不住地喘氣，像是無法再講下去，過了好一會，他才道：「我看到那位高僧站在火中，火是他特意放的，他將許多燃着了的東西，堆在他身子的周圍，他一看到我，就張開了口大叫，我根本聽不到他的聲音，但是我卻可以知道他在叫些什麼！」

我連忙問：「他叫些什麼？」

智空和尚道：「他在叫我出去！」

他講到這裏，又停了片刻，才低下頭去：「而我真的立即退了出來。」

我也呆了一呆，因為照智空和尚的敘述聽來，他既然也不顧一切地衝進了着火的房間之中，那麼，他是應該有機會將那高僧救出來的。可是接着他卻退了出來，是什麼情形使得他連人都不救了呢？

智空和尚停了下來，望着我，我的聲音十分低：「為什麼？」

智空和尚長長地嘆了一口氣：「我看到的不是一個人。」

我更是疑惑了，連忙道：「什麼意思？」

智空道：「那是一個人，我也認得出，他就是我的好友，但是，他的身上及面上，都佈滿了紅色的細絲和白色的細絲，那些細絲並不是佈滿在肌膚上而是有一大半已進入了他的皮膚，還有一半，正在竭力向內擠，那情形真是可怕極了！」

別說是親眼看到，就是這時候，聽智空和尚講講，我也感到一陣戰慄！

智空道：「我實在被這情形嚇呆了，我不由自主向後退去，當我退到門口的時候，我實際上已看不到他，因為火勢和濃煙愈來愈猛，煙熏得我流淚，我的袈裟也燒着了，那時，我聽到他慘叫了一聲，我還想向前衝去，但是門口另外兩個僧人將我死命拉住。我聽到他在叫着道：『智空，將那塊石頭埋起來，他們是妖孽！妖孽！妖孽！』他叫到這裏，又是一聲慘叫，接着，就什麼聲音也沒有了。」

我的聲音也有點發顫：「後來怎樣？」

智空道：「後來，火救熄了，但也燒去了一間禪房，那位高僧已燒成焦炭，根本辨認不出他是一個人了。那塊石頭也找不到了，只有我的那塊一直在我的懷中，未曾失去。」

我皺着眉：「那位高僧為什麼要燒死自己？他臨死時叫的那幾句話，又是什麼意思？」

智空痛苦地搖着頭：「我不知道，後來，那寺院的住持問我，他為什麼要自焚，我也答不上來，我未曾向他們任何人提起過那塊雨花台石，我回到了鎮江之後，也幾乎將所有的時間，全用在思索這個問題上！」

我道：「那麼多年下來，你一定已有了結果。」

智空向桌上的那塊雨花台石望了一眼，他的神情雖然驚恐，但是也極其堅決，那顯然是他的心中已決定了一件事情。

他緩緩地道：「我不能說有結論，但是我卻肯定了幾點，第一，那些石頭中的細絲是活物，它們會出來。第二、當人接觸到它們之後，一定會立即知道它們是什麼，所以那位高僧才覺得大禍臨頭！」

我有點不明白智空師父的話，睜大了眼睛，幻了看出了我心中的疑惑。他補充道：「我明白智空師父的意思，這些東西是有思想的，當它們接觸到人體的時候，它們的思想便會藉着直接的接觸，而傳達到被接觸者的身上，那位高僧當時已知道了它們是什麼，所以才立時作了那麼可怕的決定。」

我望向幻了：「你的意思是，這些細絲是有思想的高級生物？」

幻了點着頭：「是，它們來自我們還一無所知的天外之天！」

我聽了之後，實在有想笑的感覺，可是我卻一點也笑不出來，反倒感到好像是在沙漠之中，幾天沒有喝水一樣，喉嚨乾得厲害。

我在吞下了幾口口水之後，才勉強道：「那怎麼可能，高級的、有思想的生物，怎可能是這樣，而且長期生存在石頭中？」幻了的神情十分嚴肅，他講的話也極其簡潔有力，他道：「來自其他星球的高級生物，可以有任何我們意想不到的外形，我們只是根據地球上的生物的形態，來推斷其他的星球生物形態是怎樣的、是如何生活的，這是一個極大的錯誤。」

我同意幻了的話，事實上，幻了的話也正是我一貫所主張的，天文科學家常說，如果什麼星球上有水，有空氣，那就會有生物，這自然是一種錯誤的論斷，有水、有空氣，溫度適中，只不過能產生像地球生物的生物，而在其他完全不同的條件之下，就有可能有完全在人類想像能力之外的生物！

我連忙道：「那麼，我們還等什麼？快將這塊石頭公開，如果石頭中每一根細絲，都是一個有思想的高級星球人，那麼，我們已有了幾萬個星球人！」

幻了嘆了一聲：「這也正是我的主張，但是智空師父卻另有打算！」

我立時向智空和尚望去，因為我實在想不出智空和尚還可能有什麼別的打算。他沒有早早將那塊石頭公開而藏了許多年，這可能是對的，因為這些年來，人類科學在飛速進步，到現在才公開的話，先進的科學更有助於研究這塊古怪的石頭。

但是如果到了現在還不肯公開，還不肯讓第一流的科學家，集中先進的儀器來研究這塊石頭的話，那就有點愚不可及了！

是以我向智空和尚望去，立時便問道：「你有什麼打算？」

這時候，智空和尚的神情反倒變得十分平淡，像是什麼事情也未曾發生過一樣，他也不望我，只是垂着眼，緩緩地道：「佛說，我不入地獄，誰入地獄。」

我不禁有點光火：「打什麼啞謎？」

智空和尚道：「幻了，你講給他聽。」

我又立時轉頭向幻了望去，幻了嘆了一聲：「當這塊雨花台石上出現了一個深紅色的斑點後，師父就知道只要一經火烤，那斑點就會破裂。」

我道：「是啊，那更應該立即將它交給科學機構去作研究。」

幻了道：「師父認為，不論交給什麼機構去研究都沒有用的，只有他犧牲自己，才能明白其中的真相。」

我仍然不明白這是什麼意思，幻了續道：「師父說，那位高僧當年在被那些東西碰到之後，他一定知道了那些東西的來龍去脈和它們在想些什麼，但由於當時他太慌張了，根本未能將他知道的東西講出來，就慌慌張張下引火自焚了！」

我道：「那又和現在的事有什麼關係？」

幻了道：「師父的意思是，現在他有準備，情形就不同，當那些細絲進入他的皮膚之際，他可以從容地將他知道的事講出來，由我們記錄下來，到了不可控制的時候，他立時自焚！」

我不禁呆住了，剛才，我還有點看不起智空和尚，以為他根本沒有科學知識，但是現在，我卻變得佩服他到五體投地。

不論我如何佩服智空和尚，我卻不贊成他的想法，因為如果照着他的想法去做的話，那毫無疑問是導致另一次的慘劇！

我連忙道：「大師的設想雖然不錯，但是我們可以全然不必要再讓慘劇重演！」

智空和尚抬起頭來：「我的決定，決不輕率，而是思索多年的結果，現在你應該知道，當年你們不知道危險，偷走了這塊石頭，我為什麼會那樣緊張了？」

想起智空和尚剛才的敘述，想起我年輕時那種不負責任而狂妄的行動，不禁直冒冷汗。在那時候，我突然想起徐月淨也曾說過，而且曾引得我大笑過的說話。徐月淨在我提議剖開那塊雨花台石的時候，表示反對，他說，石中的那些細絲，或者會見風就長。

現在，見風就長倒未必，但是它們會以極高的速度離開石頭內部，而附在人的肌膚上，那已是千真萬確的了，那位高僧一定在如幻了所說的「思想接觸」的情形下，感到會使全人類受到極大的災禍，是以他才突然之間自焚的。

我思緒十分紊亂，實在不知道該想一些什麼才好，但是我卻知道，有一點是我所能做的，那便是阻止智空和尚那樣做。

而要制止智空和尚那樣做的最好法子，就是搶走那塊雨花台石。

那塊雨花台石就在桌上，在我的面前！

當我想到這一點的時候，我立即伸出手來，抓住了桌子上的那塊雨花台石，並且立時向後退去，退到了門口。我的身手十分靈活，動作當然也極迅速，智空和幻了兩人都無法阻止我。

當我退到了門口之後，他們兩人才驚駭莫名地叫了起來：「你做什麼？」

從他們的神情之中，我知道他們對我的動作有極大的誤會！

我仍然抓着那塊石頭：「別緊張，我決不是想替代智空師父，以自己的生命去作試驗，我只不過想要阻止智空師父那麼做。」

我的話一出口，幻了鬆了一口氣，顯然是當我說明了我的用意之後，他也同意我的做法。

但是智空和尚卻不同了，他先是望着我，然後慢慢地站了起來，他的神情簡直嚴肅得可怕，他道：「你曾經偷過這塊石頭，現在，你竟然一錯再錯，又來搶這塊石頭？上次，僥倖你沒闖禍，但是，這一次，石頭已起了變化，你不會再那麼幸運了。」

我立時道：「我不是搶，我只不過是阻止你去幹一件愚蠢的事！」

智空嚴肅地道：「我一點也不蠢，我記得那位高僧臨死的時候，曾說過好幾聲妖孽，如果不是我以身相試，這些妖孽可能在世上造成極大的禍害。」

智空和尚的想法是和我相同的，只不過他將一些來自外太空的生物稱為「妖孽」而已。

我道：「我同意你的說法，我們可以將這塊石頭放在一個密封的容器之中，加熱使石中的細絲全走出來，然後仔細觀察他們的活動。」

智空和尚以嚴肅的眼光盯着我：「你這樣做是一種極不負責任的冒險。」

對於智空和尚如此的指摘，我自然大大不服氣：「怎麼是冒險？」

智空指着我手中的雨花台石：「這些妖孽能夠在石頭之中，生存那麼多年，你怎能保證，它們不能隨便通過你的所謂密封容器，四下逃逸？」

我呆了一呆，我不得不承認智空和尚的話是有道理的。因為我對於那塊石頭中的細絲究竟是什麼，完全一無所知。

我所謂的「密封容器」，可以進步到能觀察熱變化的容器，但是，有什麼保證，可以肯定這些來自外太空的生物，一定會被困在這種容器之中而不會逃逸呢？

我呆了好一會：「我想，科學家總是會想出辦法來的。」

智空和尚厲聲道：「將石頭還給我，我後悔請了你來，但如果你不將石頭還給我，你會後悔一世。」

我的個性很倔強，當我想要做一件事的時候，對方如果沒有充分的理由可以令得我心服，我是很少肯就此罷休的。

是以，智空和尚雖然是在厲聲呼喝，我也無動於中：「我將石頭還給你，我才後悔。」

我話一説完，立時轉身向外奔去，我聽得身後傳來了「嘩啦」聲響，分明是智空和尚着急地要來追我，連桌子也撞翻了。

我也聽得幻了和尚一面大聲叫我，一面追了出來，但是我仍然飛快地向前奔着，一直奔到了那條小路的盡頭，到了公路，來到了車旁。

我打開車門，進入車子，立則發動引擎，在我已可以駛動車子之際，我看到幻了氣急敗壞地奔了過來，叫道：「等一等，我……我有話説！」

我大聲叫道：「如果你真有話要對我說的話，別走過來，我才聽你的！」

幻了停在六七碼之外，不住喘着氣，一面道：「你的做法雖然粗暴，但是我也同意，你準備將那塊石頭交到何處去研究？」

我望了望在我座位旁的那塊雨花台石：「暫時我還沒有主意。」

幻了道：「我曾在美國明尼蘇達州的一家化工廠裏實習過幾個月，我知道他們有一套密封的觀察設備，那容器可以抵抗五百磅烈性藥的爆炸威力，正合你用，可惜我不能和你一起去。」

我以為幻了追上來，是來搶我那塊石頭的，原來他卻是有心幫助我！

我有點不好意思地笑了笑：「謝謝你，我決定立時啟程，請轉告智空師父，我十分佩服他的精神，但是我不能不那樣做。」

幻了道：「我會轉達的。」

我踏下油門，大聲道：「再見！」

我看到幻了雙手合十，像是在替我祝禱，我將車子駛得十分快，轉眼之間，就看不到他了！

當我駕着車回市區的時候，我的興奮實在難以形容。隔了那麼久，我不但再得到了那塊雨花台石，而且，可以用最科學的方法加以研究，來弄清這塊石頭的謎！

那真是一個好奇心強烈的人，最感到興奮的事了！

我直接回家，甫抵家中，我就通知旅行社替我以最快的方式準備出國之行，同時，再仔細觀察那塊雨花台石，將有關這塊雨花台石的一切講給白素聽。

她在聽到我的轉述之後，神色變得十分蒼白，她道：「你的想法也不好，如果在旅途中，那些細絲突然自石中逸了出來，那怎麼辦？」

我道：「不會的，智空和尚說，只有碰到了火，才會突然破裂。」

妻子顯得很不安、她也仔細觀察着那塊雨花台石，然後道：「你注意到沒有，那深紅色的斑點之中，雖然擠滿了細絲，但是卻很和平，沒有爭奪殘殺。」

我道：「是的，首先逸出石來的，也就是那些細絲，它們是闖禍分子。」

白素緩緩搖着頭：「我覺得智空和尚用這塊石頭中的情形，來比擬我們生活的世界，真是再恰當不過了，我們處在如此殘酷爭殺的世界之中，但是也有不少有見識的人感到這樣下去，總有一天會全體毀滅，他們不能挽狂瀾於既倒，如果科學能使他們遠離地球的話，他們一定會毫不猶豫地離開。」

我有點啼笑皆非：「你是說——」

妻子指着雨花台石上那紅色的斑點：「我覺得這斑點中的一些，就是不想看到爭殺繼續下去的一群，它們正在設法離開它們的世界。」

我呆住了不出聲。她的說法，玄之又玄，她之所以如此說，自然只是她的想像，但是，她的想像，也不能說沒有理由。雖然，將一塊石頭稱為世界，未免有點不容易接受，但是我們的世界，甚至整個地球，在浩渺無際的宇宙之中，不也只是一塊石頭麼？

在整個宇宙而言，地球和那塊雨花台石，只不過一個是大一點的石頭，而另一個是小一些的石頭而已，為什麼小一點的石頭，就不能是一個世界呢？

我點頭道：「很有趣，或許它們是愛好和平的一群，如果這塊石頭還在外太空，那麼有可能是多出一塊更小的石頭來，作為這一些細絲的另一個世界，但如今這塊石頭是在地球上，那就大不相同了，它們總是敵人，如果它們要生存，也非將地球上的一切生物，都當作敵人不可。」

她嘆了一聲：「或許是，我們根本不容易接受和平共存的觀念，不是你想打倒我，就是我想打倒你，你準備何時啟程？」

我答道：「愈快愈好。」

白素沒有再說什麼，只是皺起眉在沉思，我知道她那種好沉思的習慣，是以也不去打擾她，只是小心將那塊石頭，放在一隻大小適中的盒子裏，然後鎖了起來。

那一晚上，我簡直沒法子睡得着。

第五部

比一切危險更危險

第二天，我已可以動身，而且，幻了和尚所說的那家化工廠，在經過幾次長途電話聯絡之後，也有了回音，可以將他們的那套實驗設備，借給我使用一小時，而且不過問我的研究課題，可是，不但那一小時的使用費貴得驚人，而且，還要先繳納一筆數字龐大的保證金。

這一筆保證金在我的財力之外，是以我不得不花了半天的時間，去籌措這一大筆錢，直到錢全匯了出去，我才上了飛機。

我所帶的隨身行李十分少，那塊雨花台石當然是最重要的，我將之妥善地放在手提箱中。在旅途中，我的精神十分緊張，以致空中小姐不斷地來問我，是不是有什麼不舒服。

我的精神緊張，絕不是只招致空中小姐殷勤的慰問就算了，在我到了目的地之後，也引起海關檢查人員的疑心，他們對我作了特別詳細的檢查，當然，他們也發現了那塊雨花台石。

一個負責檢查的黑人官員，看着那塊石頭，疑惑地問道：「這是什麼？」

我知道我不能再慌張下去了，我鎮定地道：「這是一塊顏色十分美麗的石頭，作為觀賞用的，養在水中，它的色彩更鮮艷。」

那位黑人官員似乎有點不相信，他拿起來，向着強烈的燈光，照了一下，這正是我最擔心的事，因為我知道任何人在一看到了那塊雨花台石中的情形之後，一定會吃驚不已。

而一個海關的檢查官，在看到了石中的情形之後，也一定會向我發出無數使我難以回答的問題。

果然不出我所料，他才看了一眼，漆黑的臉泛起了一重死灰色，他的手抖了一抖，幾乎將那塊石頭掉落到了地上。接着，他便直視着我，像是一時之間，不知如何開口問我才好，我苦笑着，那位黑人官員終於開口了：「你說謊，這不是一塊石頭。」

我只好攤着手：「這是一塊石頭！」

那黑人官員道：「我要扣留它，等候更進一步的檢查！」

我聽到他那樣說，不禁着急起來，我急忙道：「你不能那樣做，我來就是為了詳細檢查它，我已預訂了一家化工廠的實驗室，付了巨額的錢，時間不能更改，所以我也不能等。」

那黑人官員搖着頭道：「那也不行，我們必須檢查任何不明物體。」

我只好讓步：「這樣，反正你們要檢查它，你們可以派人和我一起，監視我的行動，和我一起利用那間實驗室的設備。」

那黑人官員望着我，他以疑惑的神情問我：「這究竟是什麼？」

我道：「我只好據實告訴你，我不知道。」

那黑人官員又道：「你的入境證上有特別註明，照說，只有身分很特殊的人，才有這種特別備註，你的身分是——」

我道：「我很難和你說明，但是我曾和國際警方在一起，參與過貴國的高度機密。如果你需要請示的話，貴國國防部的特種問題研究室的佛德烈少將，曾經和我有過好幾次的合作！」

那黑人官員的態度立時好了許多，他道：「我會記得這一點，不過現在必須請你等一等。」

我表示可以等，他就在檢查室中打電話。那種耽擱雖然在我的意料之外，但是我也不會有什麼損失，只會有好處，如果佛德烈肯趕來與我相會的話，那麼我的工作就會進行得更順利。

佛德列主持一個極其冷門的研究部門，他所研究的東西，是科學所無法解釋的，例如各地發現飛碟的報告，拍攝到有關不明物體的照片等等，全都送到他那裏去做詳細的研究。我也曾和他合作過幾次，我相信他只要一聽到我帶了不明物體前來的消息，一定會趕來的。

那黑人官員在電話中談了很久，才放下了電話：「你可以進去了，但是這東西卻必須暫時保管在我們這裏，佛德烈少將已開始前來，我們會將東西交給他，由他來處理。」

我猶豫了一下，看來，他們的決定，就我來說，已經是極度客氣的了。我道：「好，但是你要絕對小心，那塊石頭決不能受撞擊，也決不能接近任何火焰，就算是一支燭火，也不能！」接着，我留下了我預訂好的酒店名稱，請那黑人官員交給佛德烈少將。

在我離開的時候，我又將剛才所說的話，重複了一遍，囑咐那黑人官員，千萬小心。我知道佛德烈一到，就會帶着那塊雨花台石，到酒店來找我，那麼，我就可以和他一起到約定的那個實驗室中，去共同檢驗那塊古怪的雨花台石了。

我在酒店中進了餐，坐在柔軟的沙發上，和白素通了一個長途電話，然後又瞌睡了兩小時。晚上，電話響了，酒店的管理員通知我：「佛德列將軍要見你，他現在就在樓下，你是不是見他？」

我連忙道：「快請他上來。」

佛德烈來得很快，我打開門不久，就看到他走出了樓梯，可是，他才一跨出電梯，我就已經知道，事情一定有什麼不對頭了。

佛德烈的神色很古怪，很難形容，而更重要的是，他雙手空空。照說，他來見我，應該帶着那塊雨花台石一起來的，他為什麼不將這塊石頭帶來呢？

我大聲招呼他，他加快腳步，來到了我的面前，看來他有點神思恍惚，因為我伸出手去，他竟然不和我握手，只是在門口站了一站，就走進了屋中。

我不禁呆了一呆：「怎麼啦？」

佛德烈轉過身來，皺着眉：「你這次究竟帶來了什麼東西？」

我又呆了一呆，他是應該見過那塊雨花台石的！可是，如果他已見過那塊雨花台石，他為什麼還這樣問我？

我立時反問道：「你，你未曾見過那塊石頭？」

「石頭？」佛德烈聳了聳肩：「班納失蹤了！」

我有點莫名其妙：「班納是誰？」

佛德烈卻並不直接回答我的問題，他只是道：「我一接到通知，說是你攜帶了不明物體前來，我立即放下工作，趕到這裏來，你帶來的那東西，照條例，在我未曾到達之前，是要留在海關的。」

我道：「是啊，負責對我檢查的，是一位黑人官員，我帶來的那塊怪石頭，他的確留下來了。」

佛德烈望了我一眼，這才道：「那位檢查官，他的名字就叫班納。」

我不禁吸了一口氣：「他失蹤了？」

佛德烈點着頭：「是的，據他的同事說，自你離開之後，他拿着你帶來的東西到儲存室去，看到過的人都說他那時有點神思不屬，他竟撞在一位女同事身上，並撞瀉了一杯咖啡，也沒有道歉，又有人看到他在儲物室門口，站了一會才推門進去，立時又退了出來，然後，他就不知所終了！」

聽了佛德烈的敘述之後，出現在我臉上的笑容，極其苦澀。

這是我再也想不到的意外，那黑人官員失蹤了！本來，他是不是失蹤，和我一點關係也沒有，但是他和那塊雨花台石一起失蹤，那對我來說便太有關係了！

我張大了口，一時之間，不知該說什麼才好，佛德烈問道：「你帶來的那塊究竟是什麼石頭？是不是緬甸翡翠的璞玉，價值連城，我們查過班納的檔案，他是一個極其負責的檢查官員，如果不是有什麼極度誘惑，他決不會做出那樣的事來！他帶了你的那塊……石頭，失蹤了！」

我苦笑道：「佛德烈，必須找到他，這件事極其嚴重，可能會毀滅全世界！」

佛德烈被我最後的一句話，嚇了一大跳，他立時道：「你帶來的究竟是什麼？」

我道：「你要我回答，我只好說，那是一塊石頭，但是我認為那塊石頭之中，有着無數外太空的生物，他們還是活的。」

佛德烈定定地望着我，如果是別人，聽我那樣説，一定會哈哈大笑，但是佛德烈不會，我知道他不會笑，因為他的工作使他接觸過太多古怪的事情，任何人只要像我或是像他那樣，經歷過那麼多古怪的事情之後，就會知道世界上沒有什麼是不可能的了！

我道：「已經有人在找他了麼？」

佛德烈道：「FBI的人員已經在尋找他，但是我必須和他們的首腦再談一談，告訴他們事情的嚴重性！」

佛德烈拿起了電話，講了五分鐘左右，然後轉過身來，我不待他再向我發問，就將有關那塊雨花台石的事，詳細告訴了他。

那是一個很長的故事，我還必須從多年前，我如何在金山寺中第一次看見那塊石頭講起。在我的敘述中，一共有三個電話，全是FBI人員打來的，報告他們追尋班納的結果。

第一個電話，班納的行蹤，初步已經查明，他登上了一輛南行的長程公共汽車，往南走。

第二個電話在大約半小時之後打來，工作效率真是高得驚人，他們已經從班納的檔案中查明，班納來自南部的一個小鎮，那個小鎮叫「希望鎮」，而他登上的那輛長途巴士，在通過墨西哥邊境之前，要經過希望鎮。

第三個電話恰好在我的敘述快要完畢時打來。FBI人員已經查明，班納的確是購買了到希望鎮的車票，那也就是說，他已回故鄉去了！

我到那時為止，還絕不明白何以一個一向行為良好的官員，忽然會做出那樣的事。但是有一件事卻是可以肯定的，那便是這塊雨花台石，在一個不明究竟的人手中，是一件極其危險的事！

而不但我明白這一點，連佛德烈在聽到了我的敘述之後，他也明白這一點，因為我曾將智空和尚所說的一切，轉述給他聽。

是以，佛德烈在電話中以極其嚴重的語氣道：「你們準備採取什麼行動？我不能肯定他帶走的那東西是什麼，但是可以肯定那東西極其危險！」

FBI人員的回答是：他們已準備了一架直升機，估計可以和班納同時到達希望鎮。

佛德烈連忙道：「起飛前請等一等，我和那東西的原主人，要一起去那裏！」

他一面說，一面望着我，我知道他的意思，是在邀我同去，是以點了點頭，佛德烈道：「好的，我們半小時之內趕到機場，希望你們先將班納列為極度危險的人物，不要讓人家接近他，也不可逼他做出粗暴的行動來。」

我聽到電話中，FBI的人員在問：「那是什麼？一個烈性炸彈，還是一大瓶有毒的細菌？」

佛德烈苦笑道：「不知道，我只能說，那東西比地球上所有最危險的東西更危險！」

他放下了電話，我們立即離開了酒店，驅車到乘搭直升機的地方去，那是一棟大廈的天台，在大廈門口，我就和幾個FBI的人員見了面，一起上了電梯，當直升機升空之後，我可以鳥瞰這個大城市的夜景，那真是極其美麗的景色。

但是我卻沒有心情欣賞那種景色，我只是當直升機愈升愈高的時候，心中在想，如果直升機升得再高些，看下來的這個大城市，便是許多閃亮的小點，和許多汽車車頭燈組成的細線，這種情形，和雨花台石中的情形，倒有一點相似了。

機中人員的心情都很沉重，沒有什麼人說話，佛德烈也沒有將我對他說的一切轉述給別人聽，那當然是他希望將這件事保密之故。

直升機飛了幾小時，在預定的地方補充燃料，然後更換機師繼續飛行，在機上一直保持着和地面的聯絡，我們的目的地雖然是希望鎮，但是我們是沿南行的公路在飛行，我們希望可以追上班納乘搭的那輛巴士，那就更省事得多了。

ＦＢＩ人員同時命令沿途公路的人員，設法延阻那輛巴士的繼續前進，終於，在再度起飛的一小時之後，有了結果。

消息傳來，那輛巴士已在前面不遠處被截停了，為了避免驚動班納，是以並未曾登車搜查，截停車子，用的是公路損毀的藉口。

直升機又向前飛了幾分鐘，就可以看到前面路上的很多燈光。有七八輛車子停着，車旁有不少人。

直升機在公路上停下，我和佛德烈首先跳下去，奔向前，一共有兩輛公共汽車，幾輛卡車和小房車，一個粗魯的卡車司機，正在和警官爭吵着，說他的貨是限時送到，絕不能耽擱。

佛德烈一到，就對那警官道：「讓他走吧！」

警官還沒有回答，其餘的人已經大聲吵起來，顯然他們以為佛德烈的話太不公平了，這時，ＦＢＩ的人員已經包圍了那輛巴士，所有在現場的人，一看到那種如臨大敵的情形，也知道發生什麼事，是以反倒靜了下來，不再急着趕路了。

巴士司機首先下車，佛德烈大聲叫着班納的名字，可是車中沒有人回應。

ＦＢＩ人員上了車，車中只有四個黑人，而我早已一眼看出，班納並不在這四個黑人之中。我不禁苦笑了一下，看來我們的追蹤已經失敗。

我並沒有上巴士去，佛德烈在五分鐘之後就下了車，對我道：「班納的確是乘搭這輛車的，但他已經在前兩站下了車。」

我呆了一呆：「他到哪裏去了？」

佛德烈攤了攤手：「下落不明。」

我皺着眉：「他既然走在這條路上，我看他仍然是到希望鎮去的，他一定在半路上發覺有人跟蹤的迹象，所以才下了車。」

佛德烈道：「如果他知道被人跟蹤，那麼他就不會再到希望鎮去。」

我吸了一口氣：「現在，我們只好希望他是做賊心虛，是以才變換行動路線的。我看決不能再打草驚蛇了！」

佛德烈道：「什麼意思？」

我道：「請通知FBI人員收隊，而你，快快換上便服，只由我們兩人去找班納。」

佛德烈道：「這樣會比較好一些麼？」

我道：「當然會好得多。」

佛德烈來回走了幾步，考慮了片刻，然後和FBI的人員商議了一陣，看來，他的商議有了結果。所有的車輛都獲得放行，我和佛德烈上了一輛有無線電通訊設備的汽車，直駛希望鎮。

我們到達希望鎮的時候，正好是天明時分，車子在鎮內主要的街道上駛過，那是一個十分恬靜美麗的小鎮，佛德烈早有班納故居的地址，也知道班納的母親以前住在鎮內，我們一直來到鎮尾的一棟房子附近，停下了車，佛德烈道：「就是這裏了！」

我沒有出聲，因為我在想，班納拿了雨花台石到這裏來，究竟是為了什麼？

佛德烈又道：「是你去找他，還是我去？」

我道：「為什麼我們不能一起去？」

佛德烈道：「那是你的想法，盡量避免刺激他。現在我穿着便服，他未必認得出我是什麼人，但是你就不同了，他一定認得你！」

我點頭道：「你說得很有道理，如果他一看到了我，就着急起來，弄破了那塊石頭就糟糕了，你先去，我在車中等你。」

佛德烈打開車門，下了車，走到那房子前敲門，四周圍很靜，而我又距離那屋子十分近，是以我可以清楚地聽到佛德烈的敲門聲。

他敲着門，卻不見有人回應，大約過了十分鐘左右，忽然聽到屋中傳來「乒乓」、「嘩啦」的一陣響，好像有人打翻了什麼笨重的東西，接着，便是一個老婦人的呼叫聲。

那老婦人在叫道：「班納，你怎麼啦，發生了什麼事？究竟發生了什麼事？」

可是，卻沒有人回答她，接下來，又是一陣撞擊聲，和那老婦人的驚叫聲，佛德烈已在用力拍門，但是依然沒有人開門。

我連忙下了車，奔到了那屋子的門口，道：「不能等了，屋子中一定已發生了什麼事，快將門撞開來！」

我和佛德烈兩人合力以肩撞着門，不用兩三下，就將門撞開了。

當我們撞開了門之後，我們看到那屋子的後門開着，有一個老婦人站在後門的門口在叫着，而屋中的陳設有不少翻倒了。

當我們撞開門的時候，那老婦人也轉過了身來，她以一種茫然的神情望着我們，對於我們撞門進來一事，反倒不加追究，只是喃喃地像是自言自語，又像是在問我們：「究竟發生了什麼事？在班納身上，究竟發生了什麼事？」

我急忙走到他的身前，道：「班納呢？」

那婦人道：「他奔了出去，像是瘋了一樣奔了出去，我不知道他到哪裏去了！」

佛德烈也來了後門，我們一起抬頭向前看去，只見後門的門口是一條小路，一直通向前，這時，我們極目望去，小路上一個人也沒有，顯然班納已奔遠了。

再向前望去，可以望到山的影子，佛德烈轉過身來：「你是班納的母親？他什麼時候回家的？他回家之後，做了什麼事？」

那老婦人哭了起來：「半小時之前，他才一進門，我就知道事情不對頭了，他是個老實的孩子，所以他要是做了什麼傻事，我總是可以立即看得出來，他究竟做了什麼？犯罪？」

佛德烈連忙道：「他做的事不算是十分嚴重，但是我們現在必須找回一件不屬於他而被他帶走了的、一件十分危險的東西。」

那老婦人呆了一呆：「一塊半紅半白的石頭？」

我和佛德烈聽了她那樣說，都又驚又喜，連忙道：「是的，你見過？」

那老婦人道：「我見過，他一回來，就給我看那塊石頭，我也不知道那是什麼，然後，他就一個人衝進房中，直到剛才，他突然從房中衝出來，撞翻了桌子、椅子，從後門發瘋似地奔去了！」

我的心中感到一陣寒意，我道：「你可曾注意到他在奔出去的時候，手中有拿着那塊石頭嗎？」

老婦人道：「沒有，他是空手奔出去的。」

我和佛德烈互望了一眼，心中又生出了不少希望，連忙道：「他的房間在哪裏？」

老婦人向一扇門指一指，道：「就是這間。」

我們向那扇門望了一眼，就不禁苦笑了起來，那扇門是被撞開的，撞開那扇門時所用的力度，一定十分之強，以致那扇門從中裂了開來。

我和佛德烈急忙向那間房間走去，到了房裏，我們發現房間應該是屬於一個少年人的，那自然是班納青年時居住的房間。

在一張寫字檯上，我和佛德烈立時看到了那塊雨花台石！

我立時長長地吁了一口氣：「謝天謝地，這塊石頭在這裏。」

當我在那樣說的時候，緊張的神情已經完全鬆馳了下來，佛德烈連忙踏前一步，將那塊石頭拿起來，他拿着那塊石頭看了一眼，轉過頭來望了我一下，然後，再望了我一眼，道：「就是這塊石頭？我看不出它有什麼特別。」

我道：「我拿着它，在陽光之下，就可以看到裏面驚心動魄的情形了！」

佛德烈的臉上，露出了疑惑和不相信的神色，他走向窗台，我也沒有說什麼，因為在一塊石頭之中，會有驚心動魄的情景，這是任何人不能相信的。

佛德烈來到了窗前，將那塊石頭暴露在陽光之下，看了一會，然後，他轉過頭來，可是，他臉上卻沒有我預料中那種神奇的反應，反倒是有點惱怒，他道：「你一定是在開玩笑，我仍然看不出有什麼出奇之處。」

我呆了一呆，連忙也走了過去，佛德烈有點氣憤地將那塊雨花台石，塞到了我的手中，我拿着那雨花台石，向陽光一照，在那剎那間，我真正呆住了。

不錯，是這塊雨花台石，但是，它已和我以前幾次看到的大不相同。現在，這塊雨花台石只是一塊普通的石頭！

在那塊雨花台石中，已不再有那種紅色的白色的細絲，它不再是一塊活的石頭，而只是一塊靜止的、普通的石頭。

在我發呆的時候，佛德烈帶着惱怒的聲音，在我的耳際響起：「好了，你怎麼解釋?」

也就在他發出問題的同時,我已有了答案,所以,我感到全身一陣冰涼。

大約我當時的臉色,已變得十分蒼白,是以佛德烈並沒有再追問我,只是注視我,而我的心中,實在太吃驚了,是以一時之間,也講不出話來。

第六部

保衛地球英勇犧牲

佛德烈望了我好一會，才道：「看老天的份上，說出來吧，你想到了什麼？」

我不由自主地喘着氣：「它們走了，佛德烈，它們全走了！」

我那樣說，旁人可能完全不明白是什麼意思，但是佛德烈絕對明白的。他的臉色也變得蒼白起來：「你，你是說，我們……已經來得遲了一步。」

我實在無法回答佛德烈的問題，因為我根本不知道這個問題的答案。

然而，我可以肯定的，原來在雨花台石中的那些細絲都逃出了雨花台石，而且我也發現它們逃出的出口，就是那個深紅色的紅斑，那紅斑的表面一層已不再光滑，像是被人揭去了一片那樣，露出了一片充滿細孔的內部來，那些孔細得連頭髮也穿不過，但是卻那麼精密，看來可以憑那些細孔，貫通整塊雨花台石的內部，供那些紅色、白色的細絲自由來往。

我站着發呆，佛德烈苦笑着：「想想辦法，別呆在這裏！」

我深深地吸了一口氣，抬起頭來：「佛德烈，如果它們已經分散出去，那麼，我一點也沒有辦法可想！」

佛德烈道：「你說『如果』，是什麼意思。」

我沉着聲，盡量使我自己的聲音聽來鎮定：「有一個可能，我們還可以挽救，就是這塊雨花台石破裂之後，和另一塊早在多年前破裂了的雨花台石一樣，石中的那些東西，全部侵入了人體之內！」

佛德烈聽過我對他詳細敘述整件事情的經過的，他立時尖叫道：「班納！」

我點了點頭。

佛德烈又道：「班納瘋了一樣奔出去，由此可見，在他的身上，一定發生了非常的事故。」

我不由自主地大聲地道：「快去找他！」

我們兩人一起退出了班納的房間，直奔到後門，到了門口，我才想起，我們漫無目的地去找，總不如先問一問班納的母親會較好。

我轉過身，看到老婦人就站在我們的身後，一臉不知所措的神色。

我連忙問道：「依你看來，班納如果有了麻煩，會到什麼地方去？」

老太太卻不回答我這個問題，只是反問道：「他惹了什麼麻煩？」

我道：「現在還不知道，但總之是極嚴重的麻煩。」

我當然無法以三言兩語將發生在班納身上的事解釋得很明白，而我們又急於找到班納，是以只好那樣說。老太太嘆了一聲：「班納在小時候，如果有了麻煩，為避免被父親責罵，他會躲到前面山中的一個廢煤礦坑去。」

我和佛德烈互望了一眼，我道：「謝謝你！」

我一面說，一面已和佛德烈向前奔去，老太太還在我們的身後叫道：「可是，那個廢煤礦坑中有毒氣，是危險區！」

我們聽到老太太的呼叫聲，但是我們並沒有停下來，仍然向前奔。

老太太既然說班納有可能到那廢煤礦坑去，那麼，我們除非不追班納，否則，一定先要到那廢煤礦坑去找一找。

我和佛德烈在小路上奔着，奔了一哩左右，已喘着氣，但是我們總算來到山腳下，有兩條路可以通向山中。

當我們在岔路口停了停之際，立時發現了通向左面的一條山路上，野草有着才被踐踏過的痕迹，那極有可能就是班納留下來的痕迹。

我們轉向左，走了不遠，看到了一塊早已生了鏽的鐵牌，豎在路邊，鐵牌上還有些模糊的字迹，寫着「強生煤礦」等字樣。

我們知道走對了路，繼續向前走着，又走了五六十碼，看到了兩塊白底紅字的木牌豎立着，在兩塊木牌之間，是攔着的鐵絲網。

在那兩塊木牌之上，寫着老大的「警告」字樣，然後是警告的內容，大意是說，強生煤礦的舊礦坑廢棄已久，不但支柱腐朽，隨時有倒塌的可能，而且，煤礦之中，還儲存有天然煤氣，一不小心，就會引起燃燒和爆炸，千萬不可進入礦坑之中。

我和佛德烈讀完了警告，互望了一眼，一時之間，我們的心情都沉重得一句話也不想說。因為我們早就看到，兩塊告示牌之間的鐵絲網，倒了一片，在鐵絲上，還鈎着不少布條，那分明是有一個人直衝過鐵絲網時所留下來的，而且，我們可以肯定，衝過鐵絲網的，除了班納之外，不會有第二個人了！

佛德烈先開口，他吸了一口氣：「怎麼辦？」

我苦笑着：「不論怎樣，我們都要找到他！」

佛德烈點着頭，我們兩人一起向前走去，那是一條曲折的、雜草叢生的小徑，這條小徑看來可能是一條大路，但是由於久未有人行走，灌木和雜草蔓延開來，大路於是變成小徑。

我們這時並不是奔走，而只是一步一步向前走，而且腳步還是十分沉重。不久，我們就看到了一個礦洞，在礦洞口子上，原來是有木板釘封着的，但這時木板已被撞斷，從斷口的顏色看來，那是剛才發生的事。

我首先走進去，礦坑中一片黑暗，什麼也看不到，佛德烈也走了進來，大聲叫道：「班納！」

我想阻止他大聲叫喝，可是已經來不及了，佛德烈其實也應該明白，在一個廢棄了多年的礦坑之中，大聲叫嚷是一件十分危險的事。

果然，當他的聲音，引起空洞連續的回聲之後，我聽到礦坑的深處，傳來了一陣「刷刷」的聲音，和石塊跌下來的「砰砰」聲。

在舊礦坑中大聲呼叫，回聲的震盪，會使腐朽的木柱斷折，甚至會造成整個廢礦坑塌下來的嚴重後果！

幸而這一次，後果還不算嚴重，我忙向佛德烈作了一個手勢，示意他別再出聲，佛德烈低聲道：「對不起，我想令班納知道有人來了！」

我點頭道：「那是好主意，但是我們可以先走進去一些，然後再說話，我相信即使我們的聲音低一些，他也一樣可以聽到的。」

我和佛德烈向前走去，我們只不過走進了十來碼，礦坑口的光線，已經照射不進來了，而我們是匆忙來到的，又未曾帶什麼手電筒，而在舊煤礦坑中，如果點燃打火機或是火柴，那無疑是自殺。所以，我們只好在黑暗之中摸索前進，又走了十來碼，佛德烈低聲道：「班納，我們已知道你在裏面，你放心，我們絕沒有惡意，只不過關心你！」

我也壓低了聲音：「你還記得我麼？我就是帶那塊石頭來的人。」

我和佛德烈輪流說着，我們講的全是安慰班納、叫他不要心慌的話，同時，我們一面說，一面仍然向前走着。

我數着走向前去的步數，知道我們又走進了七八十碼左右，那時，我們至少不斷講了五分鐘的話，可是礦坑之內，除了我和佛德烈的聲音之外，沒有任何別的聲音。

我們停止再向前去，也不再說話，過了片刻，佛德烈才苦笑着：「看來他不想理睬我們！」

我也嘆了一口氣：「其實，我們是來幫助他的，他應該明白，我們真是來幫助他的！」

當我的話說完之後，我和佛德烈都不由自主，一起嘆息起來。

就在我們的嘆息聲中，在前面礦坑的更深處，有一個聽來十分疲乏的聲音傳了過來，那是班納的聲音，我一聽就認出來。

班納像是一個大病初癒的人一樣，聲音是斷續而急促的，他道：「別再向前來，看上帝的份上，你們別再向前來，由得我一個人在這裏！」

佛德烈連忙道：「班納，你有什麼麻煩，我可以幫你解決的，你別拒絕幫助，我是國防部的佛德烈少將！」

佛德烈的話才一出口，就聽得班納發出一下吼叫聲來，只聽到他叫道：「出去！」

那一下吼叫聲，引起了極其嚴重的後果，我們立時聽到了「轟」地一聲響，在我們的頂上，碎石塊像是冰雹一樣地向下落來，我慌忙道：「快伏下！」

我雙手抱着頭，滾向旁邊，雖然這樣，但是我仍被不少石塊擊中，幸而坑頂不是太高，石塊擊中了我的身子，儘管疼痛，也不至於令我受傷。

我滾到了石壁之下，仍然伏在地上，四周圍一片漆黑，我不知道佛德烈究竟怎麼樣了，而隆隆的聲音仍然不斷傳來，一直繼續了四五分鐘，才停了下來，我連忙問道：「佛德烈，你沒事麼？」

佛德烈的聲音，在我的身旁約七八碼處傳來：「還好，不過我想，頭被石頭打破了！」

就在我們交談之際，我們聽到班納的聲音，自前面傳了過來，他發出十分怪異的笑聲：「現在好了，你們再也找不到我了！」

我急忙跳了起來，向前奔了幾步，我也只能向前奔出幾步，因為就在我們的前面，大大小小的石塊，自坑頂上落了下來，已將前面的通道完全堵住了！

佛德烈來到我的身邊，他也知道通道已經堵塞，他連忙道：「我們快退出去，叫人掘開這裏！」

他的話才一出口，就聽得班納的聲音，自石塊的另一邊傳了過來：「你們一去叫人來，我就點火，我知道煤氣從什麼地方漏出來，我可以引滿煤氣，然後點火，使整個礦坑都發生爆炸！」

我和佛德烈都呆住了不出聲。

班納在繼續説着，他道：「如果你們願意和我談話，我想，我或者還可以和你們談幾分鐘……或者更久，那要看我究竟能支持多久了！」

我連忙道：「你究竟遭到了什麼麻煩？你説你只能支持幾分鐘，那是什麼意思？」

班納的笑聲傳來，他的笑聲聽來極其苦澀，他道：「它們全進入了我的體內，我知道它們在想什麼，它們要消滅我的思想，指揮我的行動，它們要我投降……」

他講到這裏，忽然急速地喘起氣來，又道：「我並沒有投降，而且，我也知道它們怕的是什麼，他們怕高溫，八百度的高溫就可以消滅它們了，而普通的火焰，就可以達到這個溫度！」

我和佛德烈都明白班納那樣説是什麼意思，早在許多年，在南京的那位高僧，為什麼會想出引火自焚的辦法來。

班納這時的遭遇，當然和那位高僧一樣，雨花台石中的千萬細絲，已進入他的身體，那些細絲是有思想的，而當細絲進入班納體內之後，班納便知道它們在想些什麼。

我當然不知道這一切是如何發生的，我只是想到了這一點，或者說，我感到了這一點，至於有關這一點的詳情如何，我心中實在是一片茫然。

我連忙道：「班納，你別幹傻事，我們會救你的！」

班納又怪異地笑了起來：「救我？你為什麼要救我，為什麼？」

我沉着地道：「那塊石頭是我帶來的，事情因我而起，我當然要盡我的一切可能來救你。」

在我的話之後，班納又沉默了半晌，才聽到一下他的嘆息聲：「那怪不得你，是我自己不好，我經不起它們的誘惑，一直到現在，我才知道那是它們的誘惑，不過像所有上了當的人一樣，當我知道之後，已經遲了，實在太遲了！」

佛德烈問道：「班納，這一切如何開始的？」

在佛德烈的問題之後，又有半分鐘的沉默，然後才是班納帶着極度痛苦的聲音：「在那位先生走了之後，我拿着那塊石頭，仔細端詳着，就在那時候，我忽然好像聽得有人在對我説話，事實上，我根本沒有聽到任何聲音，那只是我想到的，那時，我以為是我自己想到的，後來，我明白了，那不是我自己的思想，而是它們的思想，滲入了我的思想之中，使我想到了這些！」

佛德烈連忙道：「你説是——」

他只説了三個字，我便連忙道：「別打斷他的話頭，讓他説下去。」

我知道佛德烈為什麼要打斷班納的話，因為班納的話，叫人不易明白，我也不是十分明白，例如班納説：「它們的思想滲進了我的思想之中」，那實在是不可思議，難以完全了解的事。

但是我也知道，我們現在所面對的事，是完全超乎我們的知識範疇的事，我們現在不可能要求班納解釋得清清楚楚，因為就算班納自己，只怕也不明白究竟發生了什麼事，他還能那樣説話，已經是很不容易的事了。因為這時，他的思想正不斷地受着干擾，「它們」的思想正在竭力想控制他的思想。

所以，我們必須給班納更多的時間，趁他還能講自己的話時，去講一切事情的經過。就是基於這個原因，是以我才制止佛德烈發問。

佛德烈當然也極明白我的意思，是以他立時不出聲，我們都聽到班納在石塊後面所發出來的濃重的喘息聲，他在繼續道：「當時，我想到的只是，如果我將這塊石頭帶走，使石頭中的細絲全部離開石頭，那麼，我就可以成為世界上最特別的人——超人。我幾乎沒有多考慮，就決定行動。」

班納講到這裏，又是一陣濃重的喘息聲，從那些喘息聲聽來，他像是正在和什麼極大的力量掙扎一樣。

班納喘息了一分鐘之久，才道：「我帶着那塊石頭離開，而當我的手緊握着那塊石頭之際，我就充滿了稀奇古怪的想法，我回到了家中，更像是有人在我的耳際告訴我，只要用火烘烤那一小塊紅色的斑點，就可以有難以形容的奇蹟出現，我那樣做了！」

他停了片刻，在那片刻間，他所發出的已不再是喘息聲，而是一種難以形容的呻吟聲，看來，他對於用語言來表達自己的思想這一點，已愈來愈困難了！

我和佛德烈兩人，不由自主齊聲叫道：「說下去，班納，你一定要說下去！」

班納尖叫了起來：「別打擾我，我一定要說，我一定要說！」

事實上，礦坑中只有我們三個人，而我和佛德烈，正是堅持要他說下去的人，絕不可能再有第四個人在干擾着他，不讓他說。

然而，我和佛德烈都明白，雨花台石中的那些「妖孽」，正在干擾他，不讓他將當時的情形說出來，因為一說出來，便會對「它們」不利。

班納的喘息聲愈來愈急促，他斷斷續續地道：「那些細絲全泄了出來，侵入了我的皮膚，迅速消失，在我還未曾來得及看清它們之前，它們已經侵入來了，我像是聽到成千上萬的人在歡呼，像是一隊上萬人的軍隊，湧進了一座被它們攻克的城市一樣，我聽到它們有的在叫着：這裏可以適合我們居住，我也聽到有的人在叫：這裏比我們逃難住的臨時地方好得多了。我甚至聽到有的在叫：這是一個活動的居所，我們可以利用他來做任何事！」

班納講到這裏，突然大聲叫了起來：「不，我不會照你們的意思去做，絕不會！」

那種情形，實在是詭異到了極點，我和佛德烈兩人，都不由自主，感到了一股寒意。

班納又濃重地喘着氣：「我又感到，我是來自一個遙遠的、無法想像的地方。我是那個地方的生物。因為那地方發生了災禍，所有的人臨時擠進了逃難的工具逃走了，而又被困在那工具之中，雖然是逃難，但還是不斷地在殘殺。它們有兩種，水火不相融，互相不斷地殘殺。我感到我不會死，我的身體可以化生，除非是在高溫之下，我才會被消滅。而當我在那樣想的時候，我同時感到自己仍然是一個地球人，一個被俘虜了的地球人，我瘋了一樣衝出來——」

班納的話，講到這裏，突然停頓。

礦坑中靜了極短的時間，接着，便是一陣痛苦之極的呻吟聲，在呻吟聲中，夾雜着幾句話，那幾句話，雖然仍是班納的聲音，但聽來已經完全不是班納的話，他說道：「好了，這裏地下那麼大，我們可以暫時停止爭鬥了，我們還可以找更多的棲身之所，你們看看，這是一個極大的星球，比我們原來的星球大得多！」

而接着，斑納又發出一陣又一陣歡呼聲。

我和佛德烈都呆住了，一時之間，不知該如何才好。

而在歡呼聲之後，我們忽然又聽到了班納痛苦之極的叫聲：「出去，你們快出去，我要毀滅它們，不會讓它們蔓延整個地球！」

聽了班納那樣的呼叫之後，我和佛德烈也不由自主地喘息起來，我連忙道：「我們快退出去，他要學那位高僧一樣，毀滅自己了！」

佛德烈連忙道：「那怎麼行，我們得設法救他！」

我苦笑道：「我們救不了他，沒有人可以有法子救他，我們快走吧。」

佛德烈還不肯走，我拉着他向外直奔，當我們奔跑的時候，只聽得班納在石塊之後，發出了種種古怪的聲音，突然之間，班納的古怪聲音停止了，他在叫我們：「你們別走，你們設法將我救出來，保證你們仍然可以有自己的思想、自己的感覺、自己的快樂，而有我們在你們的身體之內，你們可以有無窮的力量和智慧，你們可以成為最強的強人！」

我和佛德烈停了一停，在那一剎那間，我們只感到自己像是浸在冰水中一樣！

那顯然不是班納對我們説的話，而是「它們」已控制了班納，在對我們講話了，而且，它們顯然已經從班納的思想中，獲得了資料，知道了地球上的一切！要是班納已經完全被控制，那麼，我們不是逃走便算，我們還一定要出手毀滅班納才對！

而也就在那時，班納忽然又叫了起來，他的叫聲，可以聽得出是一個人在盡了最大的努力之後，才能叫出來的，他叫道：「你們快走，這裏就要爆炸了！」

我和佛德烈聽到班納那樣叫，便拔足狂奔，我們還未奔到礦坑口，已經聽到礦坑之中。傳來了轟地一聲巨響，石塊也掉了下來。

我們冒着疾跌下來的石塊，拚命向前奔走，濃煙在我們的後面湧過來，我們簡直是被濃煙湧出來的，我們奔出了礦坑上，在地上打了幾個滾，才站了起來。

在礦坑中，濃煙不斷冒出，爆炸聲也不斷傳來，不到幾分鐘，礦坑的入口處，已經被亂石完全封閉了，而沉悶的爆炸聲，還在不斷傳出來。

我和佛德烈呆立着，一時之間，不知該説什麼才好，在那樣的爆炸之中，班納當然死了，而那些侵入他體內的「妖孽」，當然也被他消滅了！

我們呆立了許久，一言不發，而且，我們兩人都不由自主地將身子站得筆直，我們的內心之中，都感到自己是站在一個拯救了人類的英雄的墳墓之前。

那樣的雨花台石，共有兩塊，當第一塊破裂的時候，那些「妖孽」侵進了一位高僧的體內，那位高僧立時「被俘」，但是那位高僧並沒有屈服，他引火焚毀自己，消滅了那些不知道來自何處的生物。第二塊雨花台石中的生物，侵入了一位黑人的體內，它們也一樣遇到了失敗，這兩個地球人，都表現得如此出色，保衛了地球，同時也獻出了他們的生命！

這是何等英勇的行動，怎不令人敬佩？如果這樣的事，臨到了我的身上，我是不是能那樣做，真連我自己也不敢保證。

我這時也明白智空和尚何以會有自我犧牲的想法，那極可能是那塊瘀紅色的斑點出現之後，那些生物的影響，已可以傳到碰到那塊石頭的人，所以智空和尚才會有那樣的想法。

我自然永遠無法知道這些生物來自什麼地方，但是我總算知道了一點，那就是地球上的人類，雖然表現了種種的醜惡，但是地球人也有着高貴的品質。

而這種高貴的品質，先後在那位我連姓名也不知道的高僧身上和這位黑人班納的身上，表露無遺。

地球人還是有希望的，我們或者不至於要逃難離開地球，或者也不至於在逃難的工具之中，再互相殘殺。

但願如此！

（全文完）

衛斯理小說典藏版　49

影　子

作　　者：　衛斯理（倪匡）
責任編輯：　黎倩雲　　葉倩文
封面設計：　李錦興
出　　版：　明窗出版社
發　　行：　明報出版社有限公司
　　　　　　香港柴灣嘉業街18號
　　　　　　明報工業中心A座15樓
電　　話：　2595 3215
傳　　眞：　2898 2646
網　　址：　https://books.mingpao.com/
電子郵箱：　mpp@mingpao.com
版　　次：　二〇二二年七月初版
I S B N：　978-988-8688-96-8
承　　印：　美雅印刷製本有限公司